Andris im Klausens

SONNTAGSROMAN
[14.4.24]

In seiner SONNTAGSROMAN-Romanovelle strebt dieser Andris im Klausens den Ereignissen nach, welche an jenem Tag, jenem 14.4.2024 [14.4.24] abgespult werden könnten und auch tatwirkwesentlich dann geschehen sein sollen. Das Fliegende erkennt das „Seiwesentliche" der Existenzholprigkeit in der Qualität des Grämlichen der Königkeitszeit zu einer sehr mitheischenden Drohnen-Geschichte. Da wäre Dradi, 67, getrennt lebend, und die Uraltliebe Anninchen, zufällig für ein Seminar in der Stadt Huff. Sie, die Sozialarbeiterin, sucht ihn auf, der sich von Susi getrennt hat und nun alleine lebt. Was kann noch werden? Es geht um die Welt, die Kriege ... und immer wieder um Drohnen. Alle wollen was erobern. Susi wird aus Karlsruhe erwartet, denn in dem Haus in Huff gab es einen kleinen Schwelbrand. Der Iran attackiert Israel mit 300 Drohnen und Raketen, alles am 14.4.2024. Die ganze Lebensbilanz wird hinterfragt, Anninchen und Dradi spielen Sonntagspaziergänger, aber die Fragen und Weltsorgen nagen so sehr an ihnen. Da ist keine Seligkeit in Sicht, immer nur Abgründe. Brutale Menschen.

ANDRIS IM KLAUSENS verglaublicht sein Wimmern und doch kaum sein Verzögern. So erkiest er das Rausholen über scheinliche Verlustbohrungen. Sein Name kann wohlreformiert sein, beweist uns aber, dass sich diesem Schreibvortumacher und Wortkeimwalter keine Freizüglichkeit, aber einiges an Vorhandlungen zuweisen ließe. Nur dieser Tag im April könnte zur Verklärung der ewigen Sülze (ja, als ewiger Krieg) heranpirschen. Klausens schreibt auch LIVE-Gedichte, gewiss, er erklimmt zudem immer wieder mal Petizetten. Es entstehen dann auch noch solcherleiliche Text-Trate. Er wackert stets an Büchern, Zitaten, Allerleirauwurst und -veganarm. Außerdem sind da jene Blogs in seinen Leib gestanzt. Nun lichtleuchtet vor uns wieder einmal der eine Roman des seiwillenden Tages. Erst die Menschen nach unserer Zeit werden erkloben und vergöttern können, was wir an ihm driften und wollend draften getan zu haben haben. Insgesamt ist es kaum schrill, was euch damit bekannt sein würde. Dennoch: Dieser Mensch kann nur von sich sprühen, was ein goldenes Seelgetue ihm zuernennt. So wie alle Kaltpatronen von beerigen Wortsprenkeln umtost werden und weiterbibbern müssen. Zur Wut auf keinerlei Erdung. Diese Welt scheint drohnal verseucht.

Andris im Klausens

SONNTAGSROMAN
[14.4.24]

Romanovelle von 120 Seiten

Bibliografische Information der Deutschen Nationalbibliothek: Die Deutsche Nationalbibliothek erfasst diesen Buchtitel in der Deutschen Nationalbibliografie. Die bibliografischen Daten können im Internet unter http://dnb.dnb.de abgerufen werden.

Umschlag: Erstellung (samt Fotos), Copyright für alles © Andris im Klausens, Hauptschrift: Myriad.
Lektorat: Andris im Klausens.
Endredaktion: Andris im Klausens.
——
ISBN 978-3-7597-1364-3
Erste Auflage April 2024
Herstellung und Verlag:
BoD – Books on Demand, Norderstedt.
Printed in Germany (EU)
www.klausens.com
[Copyright]
© Andris im Klausens – info@klausens.com

TANZ DES ZERSTÖRENS

Menschen schreien in den Orten vor sich dahohin.
Denn niemand soll mehr des Freuens auftoben.
Hauptsache, viel Leid rast über den Ball von Welt.

Da winselte der Wurm vom Dach sein Gejammere
In den Kosmos unverstehbarer Massensachen,
denen wir etwas von Existenz zuhecheln wollten.

Doch hörte da niemand, weil das Klima unter dem
Ächzte, was wir Eroberungen nennen: Land, Raum,
Sinnlose Waren bekleideten das Dasein, unendlich.

Aber es war ja schon verbraucht, das Alles, Kriege.
Nur Hälftiges gab es im Jetzt-wird-s-Geschehen,
Reste aufsammeln, weiter zerstören, immer nur.

Mahner gab es zur genüge, Frauen kamen hervor.
Doch das Tun und Lassen verschaffte nur Tage.
Grundsätzlich gab es ja nein nichts zu erwarten.

Schlimmer könntsollte es werden, könntsollte!
Grausamer müsstwürde es kommen, müsstwürde!
Wenn es nur nicht weitersoginge, weitersoginge!

Das ist wieder so ein Tag.

Die Dinge passen nicht, auf der Welt passt gar nichts.

Du starrst, alles macht keinen Sinn. Und doch nennen wir es „das Leben". Gleich kann eine Drohne einschlagen, dann ist alles anders.

Drohnen fliegen ja dauernd, jeder Staat, der etwas macht, der schießt seine Drohnen. Heute soll es der Iran getan haben, gegen Israel. Aber sie fliegen noch. Hauptsache, Drohnen. Hauptsache: Menschenleben in Gefahr.

Dradi wälzte sich, das Radio surrte Drohnenworte. Kein schöner Tag.

Dennoch würde er aufstehen. Heute war der 14.4.2024. Das war der mögliche Tag, an dem Bayer Leverkusen endlich Deutscher Meister im Fußball werden könnte. Bundesliga.

Tabelle | Fußball Bundesliga: Tabelle - 29. Spieltag - 2023/2024 | Mannschaft

Sp.	S	U	N	Tore	Diff.	Pkt.
	1	Bayer Leverkusen				
28	24	4	0	69:19	50	76
	2	Bayern München				
29	20	3	6	82:36	46	63
	3	VfB Stuttgart				

29	20	3	6	67:34	33	63
	4	RB Leipzig				
29	17	5	7	67:33	34	56
	5	Borussia Dortmund				
29	16	8	5	57:34	23	56

Fernab der Drohnen dann dieses Unwichtige, aber doch so Wichtige.

Menschen erschaffen unzählige Bedeutungen. Da wird niemand je etwas dran ändern. Man macht sich Dinge wichtig, damit das Leben eine Füllung hat. Ob es eine Er...füllung ist?

Ja gut, lass Leverkusen heute Meister werden. Bitteschön. Es ist nicht meins, aber es wäre eine Abwechslung.

Dradi wartete auf Anninchen. Anninchen würde gleich klingeln und dann müssten sie den Tag verbringen.

Wo Anninchen doch da war. Rein zufällig, gewiss, da war eine Fortbildung. Anninchen hatte schon 4000 Fortbildungen besucht, so scherzte Dradi in sein Innerhirn. Real waren es vielleicht 59, dennoch wusste Anninchen ohne Fortbildungen nicht mehr weiter.

Anninchen hatte weder einen Bezug zu Leverkusen noch zur Bundesliga. Drohnen? Die verabscheute sei, aber hier in Huff waren heute keine zu erwarten, nach Normallogik.

Israel war weit, der Iran war weit. Die Ukraine war weit, Russland auch. Alle anderen Drohnen spielten derzeit in den Nachrichten keine Rolle.

Würde Dradi also Radio und Fernseher nicht anschalten, würde er zudem jegliche Nutzung von Internet und Smartphone heute ausschließen, dann wüsste er ja von nichts.

Krieg im Nahen Osten Beispielloser Großangriff des Iran auf Israel

Stand: 14.04.2024 05:43 Uhr

Trotz internationaler Warnungen hat der Iran seinen Erzfeind Israel mit mehr als 200 Kampfdrohnen und Raketen angegriffen. Die meisten konnten abgefangen werden. Bislang ist unklar, wie Israel reagieren wird.

Der Iran seine Drohung wahr gemacht und Israel in der Nacht mit Drohnen und Raketen angegriffen. In etlichen Orten wurde Luftalarm ausgelöst, darunter in Jerusalem und im Süden Israels. In der Folge waren auch Explosionen zu hören. Nach Angaben der israelischen Armee feuerte der Iran mehr als 200 Drohnen und Raketen ab. An verschiedenen Orten in Israel wurde Raketenalarm ausgelöst. Nach Angaben der Armee heulten die Warnsirenen unter anderem im Süden, am Toten Meer, im Großraum Jerusalem sowie im Norden des Landes.

Dann, falls nichtswissend, könnte er mit Anninchen viel feiner über vergangene Zeiten sprechen, denn die Drohnen waren erst in den letzten zwei Jahren so ein Hyperthema geworden. Klein, billig. Recht schnell zu bauen, und du kannst aus denen auch böses Gebombe entfleuchen lassen, welches dann da zerstört, dort trifft, hier kaputtmacht, auch Menschenleben, dann noch die Infrastruktur, Strom, Wasser, Leitungen, du machst kaputt, aber du verlierst keinen Piloten.

Immer nur Drohnen. Das war die Welt. Dazu: töten!

Bald konnte jeder kluge Winzling, auch ein Junge von 11 Jahren, seine eigenen Drohnen losfliegen lassen.

Ich würde gerne Luxemburg erobern, just for Fun, so dachte Dradi. Und dann würde ich meine eigene Drohnenarmada durch die Luft schwirren lassen.

Luxemburg wäre seins! Tolle Sache! Ein eigenes Staatsgebiet für eine Person, mit Drohnen schnell mal erobert.

Beppo wollte San Marino überfallen, auch mit Drohnen. So hatten sie gestern abend noch gesprochen, bei vier Bieren. Alle 0,5 Liter. Die Drohnenidee war wie ein Weltfieber, wo jeder mittat. Dazu kam

Krieg, Krieg, Krieg.

Krieg war im Zeitgeist. Man konnte sich keinem Krieg verschließen, Europa war voll kriegsinfiziert. Denn Frieden ließ ja niemand zu. Es blieb nur Krieg. Alle mussten nun drohen, auch mit Drohnen (Kunstwort: drohen!), aber auch mal schießen.

Es klingelte, endlich! Anninchen war da, frech wie immer. Älter geworden, aber doch noch Anninchen. 1,65 Meter, eher schlank. Sie trug eine weinrote Hose. T-Shirt, das sie umwehte. Dabei war kein Wind.

„Unser Dradi, gewandt wie eh und je!"

Dradi umarmte sie. Klar. Fest. Aber es war anders als vor 12 Jahren. Sie war doch fremd für ihn, nun. Vertraut und, ja, fremd.

„Wie läuft Deine Fortbildung?"

„Wieso: läuft? Die ist zu Ende, sonst würde ich dich doch nicht besuchen können."

„Aber Huff ist keine Weltstadt."

„Ich dachte, wir zwei genügen uns. Wir waren sieben Jahre ein Paar, wenn ich zart erinnern darf."

„Aber claro, claro. Wir lebten in Berlin. Heute bist du in Goff und ich in Huff."

„Huff kenne ich von den Drohnen, ihr habt doch eine Fabrik."

„Komm doch lieber erst einmal hinein, du freche Möhre."

Er sagte immer „freche Möhre" statt „freche Göre", das war ein ganz eigener Sprachduktus bei ihnen gewesen. Sie sagte dann im Gegenzug „große Beule" zu ihm, oder „dicke Beule" ... statt „große Eule", weil er doch immerzu las und eine Brille trug. Deshalb „Eule", als erste Idee. Jenes „nach Athen tragen", das spielte aber keine Rolle bei ihren neckischen Dialogen, damals.

Anninchen, die ewige Sozialarbeiterin. Wem half sie eigentlich? Waren es aktuell Drogensüchtige? Eher Flüchtlinge? Benachteiligte Kinder? Rentner in Hochhäusern, Obdachlose in Tiefgaragen. Elend gab es genug. Menschen ohne ausreichende Rente? Knackis? Dradi wollte nicht näher nachfragen. Gegen „das Helfen" konnte niemand etwas haben, ob es aber etwas an der Welt änderte, das fragte er sich auch.

Die Sache verhielt sich so. Jeden Tag passierten unglaubliche Dinge, da ging dort und hier etwas kaputt oder etwas brach zusammen oder ein ganzes Land versank im Bürgerkrieg.

Dann aber kamen andere, die halfen. Das Kaputte und das Helfen waren aber nie echt in

Balance. Stets war mehr kaputt auf dieser Welt, als dass andere etwas heilen konnten. In diesen Tagen des April 2024 hatte man sogar das Gefühl, die Dinge verschlimmerten sich stündlich schneller und schneller zu noch mehr Schrecken und Chaos, während immer noch brav (und bewundernswert) etliche Hilfsorganisationen ihr Werkt taten ... beziehungsweise zugeben mussten, im Radio vielleicht, sie kämen gar nicht mehr hinterher.

Es hungern da 6 Millionen, dort 12 Millionen, hier leiden 8 Millionen, noch ein Krieg kam hinzu, dort ein Erdbeben, hier ein Staudammbruch. Wie sollte das noch lange gutgehen?

„Anninchen, du hilfst wahrscheinlich immer noch?!"

„Du nicht!"

„Ich muss gestehen, eigentlich nein. Ich schaue mir die Helfenden an, spreche meine Bewunderung an mein Innerstes aus, denke aber dann: Was bringt es? Ja, ihr tut es ! Danke! Aber was bringt es? – Ich hoffe, du nimmst es mir nicht übel!"

Anninchen hatte sich auf dem Sofa niedergelassen, II. Stock, Huff, Außenbezirk. Unauffällige Gegend, kein Imbiss, kein Kiosk, viele Menschen, die einfach nur so rumwohnten.

„Dradi, du wohnst wie jemand von der RAF,

jemand, der untergetaucht ist."

„Wie kommst du auf so absurde Gedanken? Außerdem war die doch in Berlin-Kreuzberg und lebte da so herum. Berlin!"

„Sie wirkte so bescheiden und nett, von den Fotos. Der traut man keine Untaten zu."

„Sie wird in diesen Tagen auch bilanzieren. Was hat man erreicht? In der U-Haft."

Er goss Kaffee in einen Becher aus Porzellan, einen Kaffeebecher. Darauf war ein wildes Pferd. Absurde Dinge können irgendwo als Bildnis drauf sein, man weiß nicht, warum es so ist. Aber jetzt würde Anninchen vielleicht öfter mal auf das schwarze Pferd blicken. Oder: blicken müssen, denn die Augen würden ja durch das Zimmer streifen, aber auch immer wieder mal auf diesem Pferd verharren.

„Dradi, ich mache immer noch meine Arbeit. Und ich tue sie gern!"

Was sollte er erwidern? Er mochte ja diese Zuwendung. Das Soziale, das Gutgewollte. Aber ihr Tun hatte keinerlei Wirkung auf die Mächte der Welt. Vielleicht hatte sie einer Berka das Lesen beigebracht, schön, hatte einen Rudi zum Arzt begleitet, nett, hatte einer Tschakiwa im Krankenhaus als Gesprächshilfe gedient, super, aber das Weltzerstören war die Hauptkraft. Dagegen kam sie nicht an.

„Anninchen, du bist unverbesserlich!" Ihre dunklen Augen strahlten ... wie immer. Helfen hatte etwas für die Person, die half. Die fühlte sich gut, wenn sie das Ganze so abwickelte, dass es nicht den inneren Personenkern berührte und man dann sogar nachts noch ans Elend der Welt dachte.

„Anninchen, und sonst?"

„Minne ist jetzt 45 und hat drei Kinder."

Minne war die Tochter.

„Harald lebt in Berlin, geschieden, ein adoptierter Sohn. Für mich okay, aber kein echter Enkel."

Harald war der Sohn. Ihr Mann, Rainer, der war schon zwei Jahre tot.

„So hat sich also alles gefügt."

„Sicher, man wird älter. Sicher."

„Ich hatte mir früher alles anders vorgestellt, ganz ehrlich."

„Dradi, das geht doch allen so. Sei doch froh, dass du so alt geworden bist. Du könntest auch mit 25 von einem russischen Soldaten abgeschossen worden sein, oder von einer Rakete, oder von einer Bombe. Ach nee, von einer Drohne, wir reden ja immerzu von den Drohnen."

„Klima? Denkst du ans Klima?"

„Dradi, jeden Tag. Ich bin Großmutter, vergiss das nicht. Da denkt man doppelt an das Klima."

15

„Lass uns rausgehen, Anninchen. Wir können am klima schnuppern, solange es noch da ist."

„Eine Welt ohne Klima, das ist doch nicht vorstellbar."

„Klima ist immer. Aber was für ein Klima es ist, das weiß keiner."

„Ich fand es gestern schon sehr heiß. 13. April, aber bis 28 Grad ging es hoch."

„Du warst doch in deiner Fortbildung."

„Na und, da kann ich doch nach draußen starren und die Thermometer begucken. Außerdem gibt es Pausen."

„Ich verstehe nur nicht, warum ihr in Huff seid, Frankfurt wäre doch auch ganz schön gewesen."

„Bei uns ging es ums ‚therapeutische Ächzen', das machst du besser in einer kleineren Stadt. Deshalb. Außerdem ist das Landhaus Strupp ein toller Bau. Wir hatten alle extra lange Yoga-Matten. War richtig schön."

Dradi war kein Sozialarbeiter, er war eigentlich nur noch Pensionär. Die Forschungen zu demokratischen Widerstandsbewegungen hatte er beendet, sie langweilten ihn. Er war an der Uni von Huff angestellt gewesen, aber nun qua Alter ausgeschieden. Jetzt lebte er vor sich hin und guckte, wie er die Dinge zu bewerten hatte. Die Welt und alles.

Ja, er war kinderlos. Susi und er hatten sich vor vier Jahren getrennt, kinderlos. Danach war er in diese Wohnung gezogen, Susi durfte das kleine Haus behalten. Ihr lag so viel am Garten,

Er mochte den Garten, aber Susi hatte immerzu gepflanzt und gezupft, also dachte er: Ihr tut der Garten besser als mir. Das war seine Art von Sozialarbeit.

„Wir können an dem Haus vorbeifahren, damit du es mal gesehen hast."

„Aber ich kenne deine Susi doch gar nicht."

„Ich doch auch nicht. Sorry, Scherz. – Nein, wir werden nicht klingeln, nur vorbeifahren."

„Und dann?"

„Wir werden schon was finden. Mein Auto ist hybrid, also mit etwas Elektro. Da kannst du einsteigen, ohne dich um dein Klimagewissen zu sorgen."

„Ich habe drei Enkel. Nur deshalb. Nicht für mich."

„Freche Möhre, du musst dich nicht entschuldigen. Es ist doch gut, gut zu sein. Aber oft bringt es nichts. Dennoch würde ich niemandem zurufen. Sei schlecht! Das wäre ja hirnrissig. Und es gibt so viele schlechte Menschen, unfassbar viele. Bei Putin fängt es an, aber auch Leute, die Galeria Kaufhof Karstadt oder umgekehrt, ausgeblutet haben, mit

Absicht, Benko, diese Leute, die sind für mich auch schlecht. Ständig Schließungen und Entlassungen. Es ging immer nur ums Geld, nie um Menschen."

„Man könnte fast denken, du hättest Pfarrer werden sollen."

Sie gingen zu dem Auto. Was hätten sie auch tun sollen? Sich im Bett wälzen? Sie 63, er 67? Nur weil sie mal vor Jahren ein Paar waren? Und weil er sie einst so oft „freche Möhre" nannte? Reichte das?

Das Auto hatte einen Parkplatz auf der Straße, noch. Sie wollten aber bald die eine Seite der Straße komplett ohne Parkplätze machen und dann einen Fahrradstreifen dort abgrenzen. Politik der Stadt. 50 % weniger Parkplätze, quasi über Nacht verkündet. Dradi wusste noch nicht, wie er die Dinge nun regeln sollte. Klima, Klima, Klima, nun gut. Aber doch nicht so!

Fast wollte er aus Trotz FDP wählen, die Autofahrerpartei schlechthin. Aber den Kern der Meldungen, den konnte man gar nicht verstehen, da musste man sich erst einmal einige Stunden einarbeiten. Klima war ein Schreckensruf, weil das Thema auch so schwer verständlich war, weil man alles erst begreifen musste. Selbst für einen Ex-Uni-Menschen wie Dradi war das schwer.

Die Sektorbetrachtung im derzeit geltenden Klimaschutzgesetz führe dazu, „dass wir 22 Millionen CO2-Äquivalente sofort einsparen müssten", sagte der FDP-Politiker im Deutschlandfunk. „Und ‚wir' sind in dem Fall alle Bürgerinnen und Bürger, die betroffen sind von Autoverkehr, von Lieferverkehr - im Grunde genommen jede und jeder von uns."

Solche Einsparungen seien mit einem Tempolimit oder mit sonstigen Maßnahmen nicht zu erreichen, sondern ad hoc nur mit dem Verzicht auf das Auto und den Lkw, bekräftigte Wissing seinen Vorstoß.

Es hieß, Wissing tue nichts, und nun wolle er das Problem so lösen, dass er seine Autosachen in die Gesamtrechnung aufgehen ließe. Aber das Thema mal anzugehen, im Verkehr, das wage er nicht. Allein schon eine Geschwindigkeitsbegrenzung ... die schloss er aus, die schloss er immer aus, weil die FDP eben von den Autofahrern gemocht werden soll, u. a. von denen, also denen, die gutes Einkommen haben und schöne Neuwagen kaufen, um dann „erfolgreich" mit 150 km/h über die Autobahn zu düsen.

„Meiner ist gebraucht, Anninchen. Also kein neuer Wagen."

„Meine große Beule, das ist mir doch wurscht. Ich

habe immer noch einen kleinen Twingo. Und an ein E-Auto ist wohl nicht mehr zu denken. Sozialarbeiter werden nicht reich."

„Aber glücklich! Du strahlst so! Oder hast du einen neuen Mann aufgetan?"

„Nein, es kommt wohl vom Yoga und vom Ächzen, die Fortbildung war wirklich gut. Es war auch eine Frau aus Hamburg dabei, die hat einen Youtube-Kanal, der Hunderttausende Follower hat."

„Da wir heute Sonntag haben, müsste man fragen. Wie viele Follower hat eigentlich die Kirche?"

Sie saßen im Auto.

Sie fuhren.

Dradi wusste nicht, wohin.

Das Wetter war okay, aber weniger warm als gestern. Außerdem war ja noch April. Dennoch: Gefühlt war es schon Mai, auch bei den Blättlein und Knospen.

„Anninchen, vergiss den Gurt nicht!"

„In der Ukraine sterben sie, in Gaza, in Jemen ... wo eigentlich nicht, und du kommst wieder mal mit deinem Sicherheitsgurt."

Sie hatte den kleinen Spießer in ihm aufgetan. Den, der immer korrekt ist, den, der immer Regeln befolgt. Im Auto musste man sich anschnallen, und zwar als Erstes.

Aber wer konnte was gegen den Gurt haben? Niemand! Dennoch: Sie hatte ihn „angetickt", den Dradi.

Er war ganz leicht verletzt. Man musste so vieles bedenken, so vieles erspüren, Tag um Tag um Tag. Die Menschen waren per se kompliziert. Auch alle Beziehungen. Wofür das alles? Was war der Sinn? Man konnte sich doch schon mit dem Ende befassen, mit dem Tod. Ab 60 ging es um das letzte Viertel.

Er fuhr extra langsam, weil Anninchen immer etwas Angst im Auto hatte. Aber sein Quinzadu, das erste Auto, welches zu 100 % in arabischen Ländern hergestellt wurde, war so breit und so hoch, mit so viel Füllmasse, dass man das Auto gar nicht mehr spürte. Man fuhr eher wie in einer Schaummasse.

Er ließ eine Scheibe hinunter. Anninchen schaute vor sich hin, schaute nach rechts, schaute nach links.

„Das sieht doch ganz nett aus, bei dir in Huff!"

„Nett? Das bedeutet mir nichts. Es fehlt in allem die Tiefe. Huff ist eigentlich eine Stadt ohne Gesicht. Euer Landhaus da, das ist einer der wenigen Bauten, die überhaupt interessant sind. Wir haben keine Burg, wir haben keine Altstadt, wir haben nichts."

„Doch, ihr habt Bauten aus den 60er Jahren. Da sollen welche von unter Denkmalschutz stehen."

„Sicher, man muss aus allem etwas rausholen. Auch aus Huff. Wir haben übrigens heute Marathon, da könnten wir uns an die Straße stellen."

„Marathon kenne ich von Bonn. Der ist übrigens auch heute."

Am 14. April 2024 gehört die Stadt Bonn wieder den Läufer*innen. Bereits zum 21. Mal geht es auf die große Laufrunde durch die Bundesstadt. Marathon und Halbmarathon stehen ebenso auf dem Programm wie die Marathon-Staffel, bei der sich vier Personen die Marathon-Distanz teilen. Nach der erfolgreichen Premiere im April auch wieder dabei: der 10-Kilometer-Lauf, der auch Laufeinsteigern die Teilnahme am Deutsche Post Marathon Bonn möglich macht.

Der Deutsche-Post-Marathon Bonn ist traditionell einer der größten Stadt-Marathon-Veranstaltungen im Frühjahr. Er gilt als erstes Highlight des Jahres für alle Laufsportfans in der Region, aber auch darüber hinaus. Insgesamt waren im vergangenen Jahr über 11.000 Teilnehmende für den Lauf gemeldet – ein großartiger Erfolg nach zwei Jahren Pause.

Die Strecke führt die Läufer*innen quer durch die Bundesstadt, auf die Beueler Rheinseite, im Süden bis zum Post Tower und über die Museumsmeile mitten durch die Innenstadt. Besonderes Highlight: der Zieleinlauf für alle Disziplinen vor dem

Alten Rathaus.

„Du bist also nach Goff gezogen, orientierst dich aber nach Bonn?"

„Ja, und einer meiner Enkel ist schon mitgelaufen. Wie das eben so ist."

„Du hast also applaudiert und fotografiert."

„Ja, das stimmt."

„Aber heute bis du nicht in Bonn ..."

„Ein Marathon reicht, als Zuschauerin. Ich bin nicht wild darauf. Heute ist Huff, Bonn war früher mal."

Die Scheiben befanden sich unten, die Luft war so mild. Man hörte ein sirrendes Geräusch. Dradi dachte an einen Libellenschwarm. Aber wann hatte es jemals einen Libellenschwarm gegeben? Heuschrecken, ja, Libellen, nein.

Aber dann sahen sie den Jungen am Straßenrand, neben ihm eine Vaterperson. Dahinter die große Wiese. Es war ein Hubschrauber, in Modellgröße, ferngesteuert, und der sirrte durch die Luft.

„Deine Enkel?"

„Ich sagte doch: Klima. Ilka ist erst 12 Jahre, aber die läuft schon durch die Stadt, bei solchen Demos."

Dradi hatte sich mit allen Varianten demokratischer Proteste befasst. Aber er war 67, man demonstrierte weiter und weiter. Ein Paradies war immer noch nicht herbeigekommen. Im Gegenteil: Man sprach immer mehr vom Weltuntergang. Ernst, halbernst, aber man sprach davon. Der März 2024 soll ma wieder der heißeste aller Zeiten gewesen sein. Immer wieder solche betrüblichen Meldungen. In sechs Wochen gab es keine Gletscher mehr, so könnte man es übertreibend zusammenfassen. Horror pur.

„Drohnen?"

„Meine Enkel?"

„Kann doch sein. Ohne Drohnen geht nichts mehr. Nimm doch allein die Filmindustrie."

„Ich weiß. Die Luftaufnahme ist heute üblich. Bei der Schwarzwaldklinik sind die noch mit dem Hubschrauber geflogen, heute hat man die Drohne."

„Auch Radrennen. Du kannst alles super sehen. Aber die stürzen immerzu, grässliche Stürze, direkt das Schlüsselbein gebrochen, oder noch mehr. Das kann ich mir nicht anschauen."

„Aber die Drohne findest du toll!"

„Die kann doch nichts dafür. Ich dachte nur: Drohnen sind ebenso in aller Munde wie das Klima."

„Und die Staudammsache in Russland?"

In Südrussland sorgt das Frühjahrshochwasser des Flusses Ural für schwere Überflutungen. Ein Damm ist gebrochen, die Staatsanwaltschaft ...

Sintflutartige Regenfälle während der Schneeschmelze und ein Dammbruch: Im Ural gibt es massive Überschwemmungen, Tausende mussten bereits ...

Nach Dauerregen, Schneeschmelze und und zwei Dammbrüchen am Fluss Ural sind weite Gebiete überschwemmt. Unterdessen wird eine Untersuchung ...

„Ist schon ein paar Tage her, aber es scheint immer noch schlimmer zu werden. Russland, jetzt trifft es die selber."

„Die zerstören der Ukraine ja alles."

„Und jetzt trifft es die selber. Aber die, die es trifft, das sind nicht, die die Ukraine zerstören wollen. Die Welt ist ungerecht, das Leben auch."

„Dradi, du bist ja immer noch so drauf wie damals."

„Auch das weiß man mit 67. Es ändert sich im Kern nichts. Es passiert unendlich viel, aber im Kern bleibt alles gleich: Chaos, Elend, und manchmal ein ganz bisschen Freude. Mit dir durch Huff zu fahren, das ist das kleine bisschen Freude, was wir haben. Aber wir reden dabei auch vom Leid der Welt, selbst bei der Freude bleibt das Leid der Welt nicht weg."

„Lass das keinen Christen hören. Oder Muslim.

oder Juden. oder andere, die an einen Gott glauben, einen, Monotheismus."

„Aber die Christen sind bei uns in Deutschland doch nun in der Minderheit, auch das muss gesagt werden. Nach rein formalen Zahlen sind mehr Menschen Nichtchristen als Christen. Gott hilft nicht. Immer mehr Menschen sehen das: Gott tut nichts. Er hat nur Vertröstung auf die Zeit danach im Angebot. Auf Erden lässt er allen Murks geschehen."

„Minna wollte aber kirchlich heiraten. Sie war nicht davon abzubringen."

„Und die drei Enkel?"

„Alle getauft!"

„Gehen sie denn hin?"

„Nein, Ilka ist ja im Klima aktiv, die beiden anderen machen Sport und Musik. Nix Kirche!"

„Die hatten doch mal die Zoom-Gottesdienste. 75 Zuschauer, bei Corona und so. Aber das scheint auch mehr und mehr aufzuhören."

„Für 75 Seelen so ein Aufwand? Und dann ist die Kirche selbst ja noch leerer, wenn alle zum Frühstück etwas Zoom gucken. Zuhause, wohlgemerkt!"

„Du siehst also, Anninchen, dass es überall hakt."

„Als Sozialarbeiterin habe ich nie anderes behauptet. Die Bezahlung für mich könnte übrigens besser sein."

In der Glimmer Straße fuhren sie jetzt am Haus vorbei. Susi sollte sie nicht sehen. Dradi wollte nur mal vorbeifahren, damit Anninchen eine Idee hätte, wo er dreißig Jahre seines Lebens mal gewohnt hatte. Schmal, Reihenhaus, aber vorne etwas Garten, hinten etwas mehr Garten. Er wollte so um den Block fahren, dass man alles einsehen konnte. Auch den hinteren Teil des Hauses bzw. Gartens.

Aber es war irgendwie ungewohnt. Man hatte schon einen Brandgeruch in der Nase, fast wie vom Grillen, aber nur fast.

Man sah, dass Menschen sich angesammelt hatten. Genau vor der Nummer 12. Susi Nummer 12.

Ein Fenster schein zu fehlen, die Scheiben waren nur noch Zacken an den Rändern des Rahmens. Es gab Rauch, so als ob was schwelte.

„Das sieht nicht gut aus!"

Dradi parkte 120 Meter weiter weg.

Dann ging er mit Anninchen los.

Die 15 oder 16 Menschen vor dem Haus waren aufgeregt, die Sache selbst aber schien schon vorbei.

Es musste etwas ins Haus geflogen sein oder etwas im Haus explodiert sein, eins von beiden. Dann der Rauch. Die Feuerwehr war sofort da, das

Haus war leer, keine Menschen. Zum Glück. Jetzt gab es diese letzten Rauchschwaden, ein letztes Wegglimmen.

Einer von der Feuerwehr stand dabei, nur um zu beobachten.

Aber wo war Susi?

Angeblich war niemand im Haus. Auch jetzt nicht.

Der Vorfall musste sich in Abwesenheit ereignet haben. Frau Kellermeister hatte Susi schon kontaktiert, die wusste Bescheid. Susi wollte auch kommen, steckte aber aus unerfindlichen Gründen in Karlsruhe.

Karlsruhe? Dradi überlegte, wenn sie in Karlsruhe kannten.

Niemanden.

„So, jetzt du das Haus ganz nah gesehen!"

„Willst du nicht rein?"

„Es ist nicht mehr meins. Ich stehe noch mit im Grundbuch, aber de facto ist es von Susi. Ich mische mich nicht ein."

„Ich kann mir gar nicht vorstellen, wie du 30 Jahre hier gewohnt hast."

„Ach ja, ich auch nicht. Frau Kellermeister war wirklich meine Nachbarin, aber nur zwölf Jahre von den 30."

„Oh, oh, oh."

Frau Kellermeister wirkte im höchsten Sinne normal. Dradi, der früher selber so gern bei Demonstrationen mitgemacht hatte, hier neben dieser Frau, die vielleicht noch nie bei einer Demonstration war. Das wirkte widersprüchlich. Es passte nicht.

„Es scheint ja alles wenig schlimm. Wir wissen nicht, wie es in dem Zimmer aussieht. Okay. Aber wir können auch nichts machen. Ich schicke Susi noch 'ne SMS. Da kann sie mich um etwas bitten, falls es nötig ist."

Susi schrieb zurück: Sie käme ja aus Karlsruhe zurück. Sie müsste in zwei Stunden da sein. Er, Dradi, müsse nichts weiter tun.

„Möhrlein, dann lass uns weiterfahren."

„Dein Huff hat ja doch einiges an Aufregung zu bieten."

„Das täuscht. Wir haben einen AfD-Mann, ganz unangenehmer Typ. Der will Bürgermeister werden. Aber das passiert doch auch in jedem Dorf dieser Tage. Überall AfD. Man guckt sich Filme zur Machtergreifung der Nationalsozialisten an, wusch, 1933, legal ins Amt gekommen, durch von Hindenburg dazu ernannt, der Hitler. Und schon ging es zack-zack-zack."

„Damit befasst du dich?"

„Der Reichstagsbrand, das waren doch kaum vier

Wochen, und schon haben die alle eingesperrt, das ging so superschnell, wie die aus der Demokratie ihren Führerstaat machten. So schnell kannst du nicht mit dem Kopf wackeln. Diktatur hoch zehn. Böse, böse, böse."

„Die von der AfD sind oft so unangenehm. Von der Art her, vom Wesen."

„Ich habe Höcke gesehen, versus Voigt. Am Tag der Befreiung des KZ von Buchenwald. Da haben die bei ‚WELT' einen Fernsehevent gemacht. Geschmacklose Terminierung. Aber Höcke ist per se so unangenehm, er hat nichts Menschenfängerisches, keinerlei Charme. Wieso soll der bald so viele Stimmen bekommen, vielleicht? Was müssen das für Wähler sein, die so einen wählen?"

„Ach, Dradi, ich weiß es doch auch nicht. Politik ist so gar nicht mein Ding."

„Meines doch auch nicht. Nicht mehr. Aber man muss sich ja damit befassen."

„Lass uns was Schönes machen."

Sie kamen wieder an der Wiese vorbei. Der Hubschrauber des Jungen war dieses mal am Boden. Vater und Sohn beugten sich über das Gerät, als würde etwas nicht so funktionieren, wie man es gerne hätte.

„Die sind immer noch daran. Sieh mal!"

„Meine Ilka hat's mit Pferden, und der Tobias spielt immerzu am Computer."

„Enkel eben."

„Du hast ja keine!"

„Ich habe auch keine Kinder. Wo sollen dann Enkel herkommen?"

„Vielleicht gibt es ja eines, von dem du nichts weißt. Ein Kind."

„Ach, freche Möhre, das ist doch der übliche Spruch. Da können wir auch gleich Serie spielen. ‚Letztes Aufbrausen der Liebe', als Titel. Ach so: Ich bin Graf, aber keiner weiß es."

„Und ich bin Millionenerbin. Ich komme derzeit nicht an mein Geld."

„Du. Das sprechen wir mal bei der KI ein. Die soll uns seine Serienepisode schreiben. Graf und Millionenerbin."

„Ich habe das schon mal versucht, mit Ilka, Oma und Enkelin, wir haben da was für eine Hochzeitszeitung geschrieben. Mit KI."

„Wer hat denn geheiratet?"

„Kennst du nicht. Wir haben also die Künstliche Intelligenz bemüht, war es ChatGP? Aber die Story kam super gut. Sie hat allen gefallen."

„Du weißt, dass wir hier in einem Tagesroman auftauchen?"

„Jetzt?"

„Ja, wir werden gerade geschrieben, am 14.4.2024, oder nenne es auch Datumsroman."

„Was passiert?"

„Dieser Klausens oder wie der heißt. Der hat etliche Namen. Der schreibt dann wieder so einen Roman. Jahr um Jahr."

„Aha."

„8.8.2008, da war der erst. 8.8.8, du verstehst?"

„Hitler?"

„Nein, das nichts damit zu tun, es war eben der 8.8.2008, so kam es. Kein H gleich achter Buchstabe. Nein, das hatte damit nichts zu tun. Ich betone es nochmals. Dann kam der 9.9.2009, und immer so weiter. 10.10.2010. Etc."

„Von dem habe ich übrigens noch nie gehört. H. wer?" (Das war ironisch.)

„Du liest ja auch kaum." (Das war halbironisch.)

„Doch, aber eher Krimis. Jetzt gibt es doch den Klimakommissar C-Oh-Zwei."

„So einen Mist liest du? Der Name ist doch doof."

„Das entspannt ungemein. – Aber heute ist der 14.4.2014. Nicht der 4.4.2014. Fiel mir nun auf. Fehler im System."

„Da muss was anders gelaufen sein. Am 4.4.2024 konnte der nicht. Jetzt sagt er: Leverkusen kann an einem 14.4.2024 Meister werden. Und da kommt Calli als Gast in den ‚Doppelpass' bei Sport1."

„Der dicke Mann?"

„Früher, heute ist der schlank wie eine Ameise. Hat da eine Operation gehabt, Magenverkleinerung, oder wie geht das?"

„Dradi, das täte dir auch mal gut. Ich meine: weniger Gewicht."

„Danke, das musste ja kommen. Damit hattest du es auch damals immer."

„Aber mit 67!?"

„Du meinst, man müsste sich doppelt ums Gewicht kümmern?"

„Ich glaube schon."

„Bist du denn zufrieden, mit deinen Kilos? Anninchen? Du?"

Ihm war bewusst, dass dieses ...nchen eine Verkleinerung war. Wie war man auf diesen Namen gekommen? So klein war sie doch nicht.

Aus irgendeinem Grund hab er jetzt etwas mehr Gas. Immerhin hatte er das Auto, um sein Gewicht durch Huff spazierenzufahren. Anninchen wirkte (wie früher schon) recht schlank, das stimmte. Aber die machte ja immerzu Yoga. Als ob Yoga ein Leben ersetzen könnte.

Du kannst auch immer Marathon laufen, dann fühlst du dich auch gut. Wegen der ganzen Botenstoffe, die da durchgekocht werden. Aber wer will schon Marathon laufen? Oder dafür üben? Du kannst jeden Tag ins Fitnessstudio rennen, aber wer will da sein? All diese Typen da. Es hat ja auch immer mit einem „sozialen Raum" zu tun. Möchte man da sein? Möchte man da nicht sein? Er wollte nicht im Fitness-Studio sein. Auch nicht im Kirchenchor. Auch nicht einer Klima-Gruppe. All diese „sozialen Räume" waren nicht seins.

„Freche Möhre, was treibst du eigentlich? Außer deiner Sozialarbeit, außer den Enkeln, außer diesem ewigen Yoga?"
    „Das reicht doch schon: drei Enkel!"
    „Keine sonstige Gruppe?"
    „Nein, nichts. Auch kein Chor!"
    „Und worauf zielst du ab?"
    „Auf nichts! Ich lebe!"
    „Was ist der Sinn?"
    „Ich weiß es nicht!"
    „Was macht der Graf?"

Nun war der Moment erreicht, wo niemand mehr wusste, in welchem Spiel er oder sie sich befand.

Denn es könnte ja der ganze Text hier von KI geschrieben sein. Das wurde ja schon in dieser Schrift hier explizit genannt. Da lag der Gedanke nah, dass Anninchen nicht nur mit der Enkelin einen Beitrag via KI verfasste, sondern dass auch Klausens selbst hier mit der oder einer KI arbeitete.

„Du, wir sind aber nicht in einer KI drin, jetzt? Ich meine vom Erzählen?"

So fragte die freche Möhre, weil sie doch etwas verunsichert war. Sie fühlte sich auch etwas ausgefragt, bei alledem.

Wer sagte ihr denn, dass Dradi auf seine alten Tage nicht für irgendeinen „Dienst" arbeitete und ständig Aufzeichnungen machte, damit die Weltwissensmaschine auch ja genug von Anninchen wüsste. Denn Informationen, das war doch die Währung, die wichtigste Währung. Oder nicht? Oder doch?

„Möhre, was willst du der Nachwelt hinterlassen?"

„Fette Beule, nichts, nichts, und wieder nichts."

„Was soll auf deinem Grabstein stehen?"

„Nichts, und wieder nichts."

„Inwiefern ist dein Leben erfüllend?"

„Ich habe drei Enkel. Den adoptierten Halbenkel zähle ich nicht."

„Du weißt, dass in Gaza ganze Familien ausgelöscht wurden und werden?"

„Deshalb umso mehr. Die Hamas hat auch ganze Familien ausgelöscht, bei dieser schlimmen Attacke vom Oktober."

„Es ist alles schlimm, allüberall. Und niemand ändert was dran. Die Religionen schon sowieso nicht. Da hat man den Eindruck, die machen alles nur schlimmer."

„Lass uns lieber was Schönes in Huff unternehmen, statt solche Gespräche zu führen."

„Sicher, ich weiß nur nicht was. Yoga ist ja schon gewesen, bei dir."

„Ausflugscafé? Habt ihr keines?"

„Doch, da ist der See, und da ist das Lokal. Es heißt ‚Gänseschnatterbude.'"

„So einen Namen habe ich noch nie gehört."

„Dann musst du nach Huff kommen. Ich hoffe nur, dass da keine Studenten von früher sind. In Huff ist alles recht klein, da kann man immer jemandem über den Weg laufen."

Er parkte. Dabei fluchte er, weil der Wagen so einen großen Wendekreis hatte.

Dann raus.

Der See, die Enten. Keine Gänse. Wieder mal ein Vater mit dem Sohn. Aber andere als die mit dem

Hubschrauber. Die hier hatten eine Art Rakete. Dradi hatte so etwas als Kind nicht gehabt. Er erinnerte sich an Schiffe, die er an der Schnur in so einen See gestoßen hatte, ohne jede Fernsteuerung, und die er dann mit der Schnur wieder an sich herangezogen hatte.

Heute also mit Rakete.

Anninchen beobachtete drei Frauen beim Yoga. Diese waren direkt am Ufer des Sees aktiv.

Warum nur immer dieses Yoga?

Es liefen 15 Personen vorbei. Würden sie für den Marathon üben?

Dradi und Anninchen schritten dahin, gelangweilt, unambitioniert.

Aber so war das Leben. Man sollte froh sein, dass man gesund herumlaufen konnte. Dass man nicht abgeschlachtet würde, jeden Moment. Dass man nicht in einen Schutzraum würde fliehen müssen, jeden Moment. Dass es also keine Sirene gab. Ja, so war es gut, so war es schön. Aber ohne alles solches gab es eben nur Yoga, eine Modellrakete, das Laufen, das Spazieren. So richtig aufregend war das alles nicht. Warum also tat man das? In Ermangelung von etwas anderem?

„Du wolltest ja nie in die Politik. Also beschwere

dich nicht. Dann musst du eben um den See laufen, also gehen."

„Die sechs Kilometer schaffe ich auch noch."

„Hoffentlich."

„Am Ende wartet die ‚Gänseschnatterbude', wo ich mir ein Bier Monaco reinziehen werde."

„Monaco?"

„Das muss etwas wie Berliner Weiße sein, Bier, rötlich, süß. Habe ich in Frankreich kennengelernt."

„Wieso sollten die es hier haben?"

„Vielleicht haben die ja eine Berliner Weiße?"

„In Huff? Du redest doch immer von Huff als Kaff. Jetzt sollen die auf einmal Berliner Weiße haben?"

„Wofür lebt man?"

„Nicht für Berliner Weiße. Ich habe drei Enkel."

„Ich habe keine Enkel. Ich habe nur Susi, meine Ex. Und weißt du, wo sie gerade ist?"

„Ich dachte, sie fährt von Karlsruhe nach Huff. War dem nicht so?"

„Ja, aber wie sieht es in dem Zimmer aus?"

„Da die Feuerwehr abgerückt war, bis auf den einen Mann, denke ich: Alles müsste recht glimpflich abgelaufen sein. Aber wir wissen nicht, was da vielleicht verkohlte. Es könnte ja auch euer Ordner mit den vielen Fotos verbrannt sein. Nicht auszuschließen."

„Es waren mindestens acht Ordner mit Fotos. Ich habe keine Kopien. Dabei wollte ich das auf Rente immer mal machen. Scanner oder abfotografieren. Je nachdem, was die bessere Qualität ergibt."

„Und wer soll es alles bekommen?"

„Die Ordner? Vielleicht hätte Beppo sie genommen, er ist erst 58. Wir sind Saufkumpanen, ja, ja, aber man muss ja auch mit wem reden. Susi hört mir nicht mehr zu. Beppo ja. Wir treffen uns alle zwei Wochen, jeder trinkt seine vier Bier. Das wars."

„Und deine Lebensleistung?"

„Keine Enkel, aber 17 Bücher."

„Würde ich die in der Bibliothek finden? In Huff?"

„In der Uni-Bibliothek ja, bei der Stadtbibliothek … da müsste man gucken. Zwei hatten die mal, aber da ist auch schon sechs Jahre her. Ich habe nicht mehr geguckt. Muss man ja nur im Internet aufrufen, dann kann man ja online in den Katalog gucken. Aber es interessiert mich gar nicht."

Sie gingen um den See. Was für eine Beschäftigung! Spazierengehen. Sie konnten Menschen ins Gesicht schauen, die ihnen entgegenkamen. Sie sahen Familien mit Kindern, manche glücklich, andere unglücklich. Neutrale Gesichter gab es auch. Etliche gelangweilte Gesichter. Die Unterhaltung des

Tages war das Sprechen über das Leben. Der Inhalt des Lebens war das Sprechen über das Leben. Eine einfache Formel.

Ständig gab es Probleme. Die Serien im Fernsehen waren voller Probleme. Gerade die deutschen Leute waren immer nur mit Sorgen beschäftigt, selbst ein Empfang oder eine Party nach bestandener Prüfung endete in einer solchen Serie ... mit Problemen. Befreites Feiern gab es so nicht. Und das noch ohne KI. Serien, die noch ohne KI entstanden waren.

Wie würden diese Serien sein, wenn sie mit KI geschrieben würden? Würde die KI mehr oder weniger freudige Momente reinschreiben und weshalb galten die Finnen immer als glücklich? Wenn ich nicht viel spreche, sage ich auch keinem, dass ich glücklich bin. Ich schweige eher. So ist das mit den Finnen! So!

Ist also Schweigen dann „Glück", bzw. wird als Glück falsch von anderen interpretiert? Nach dem Motto: Die beschweren sich ja nicht. Also „genügt" ihnen alles. Sie sind genügsam, und das muss dann Glück sein.

Nein, solchen Umfragen war eher nicht zu trauen. Eher nicht. Er konnte sich nicht vorstellen, dass die Finnen wirklich und richtig glücklich waren. Es wurde in sie „hineingeschrieben". Mehr nicht.

„Aber was bedeutet eine Meisterschaft von Leverkusen, fette Beule?"

„Freche Möhre, ich weiß es doch nicht. Du hast x Jahre auf Erden. Die müssen vorübergehen. Das ist der ganze Trick."

„Du meinst, schön vorübergehen."

„Man muss sich einbilden oder einbilden können, alles sei schön und gut. Mehr ist es nicht. Wenn du es schaffst, dein Herz an einen Fußballverein zu kleben, vielleicht Hunderte Spiele zu besuchen, Tausende Artikel dazu zu lesen, wieder und wieder die Tabelle zu studieren, dann bist du vielleicht erfüllt."

„Und wenn du es nicht schaffst?"

„Dann hast du ein Problem. Im Kern musst du nur die Jahre überstehen und denken, es ist eine tolle Zeit. Wenn dir das mit dem Yoga gelingt, nun gut."

„Und dir vielleicht mit dem Fußball!"

„Eben nicht. Bei mir klappt es nicht. Ich könnte mich dem Fußballquatsch nie so hingegeben. Als junger Mensch schaffte man das noch, aber jetzt nicht mehr."

„Dann bedeutet dir Leverkusen nichts?"

„Doch ... etwas Ablenkung. Wenn die endlich Meister werden, zum Beispiel heute, 14.4.2024, dann hat man wieder ein Thema. Da kann man mit vielen anderen drüber reden. Der Alltag dreht sich etwas. Es ist Zeitvertreib. Nur das. Und ein besserer, als zerbombt zu werden oder zu verhungern."

Es gab Geräusche in der Luft. Sirenen? Die hatten immer wieder mal Übungen. Da wurden Sirenen ausprobiert. War es heute so? Er müsste diese App aufrufen. Oder diese App müsste ihm automatisch eine Info senden. Aber sein Smartphone blieb stumm.

Er müsste es sowieso aufladen. Verrückt, aber er dachte mehrfach am Tag daran, dass sein Smartphone wieder aufgeladen werden müsste. Und das, wo jetzt die Drohnen flogen. Vom Iran nach Israel. Wie lange brauchen die? Wie viel fangen die ab? Was kommt danach? Weltkrieg?

Der See war so ruhig, der See war so langweilig. Der See war so langweilig ruhig. War das Glück? War Frieden schon Glück? Waren die Leute nicht schon allein aus der Langeweile heraus gezwungen, etwas zu „tun", so schlimm es auch sei. Schlägerei? Gewalt? Hass? Schreianfall? Dann wäre wieder „etwas", so schlimm es auch sei. Oder war totale Langeweile doch besser? Was tat man in totaler Langeweile? Man freute sich auf ein Bier, oder auf einen Kaffee, oder auf ein rotes Bier, das süßlich schmeckte, und in Frankreich „Monaco" hieß.

Es klingelte sein Smartphone. „Klingeln" war es nicht, es waren ein paar Töne aus Schumanns Rheinischer Symphonie.

„Susi, wo bist du?"

„Im Zug, aber ich müsste bald mal ankommen."

„Weißt du was genaues? – Was ist verkohlt?"

„Frau Kellermeister meinte, es sei nicht viel. Die Feuerwehrleute hätten von ein paar Ordnern gesprochen. Mehr nicht."

„Unsere Fotos?"

„Kann sein. Die waren in dem Zimmer zur Straße hin. War ja eigentlich mein Arbeitszimmer."

„Wer tut so was?"

„Die Brandursache ist völlig unklar. Da werden morgen die Ermittler kommen. Heute soll mal schnell einer vorab gucken."

„Ich laufe gerade mit Anninchen um den See."

„Unseren See? Den Gitzinger See?"

„Wir haben in Huff nur den einen."

„Aber es war immer unser See. Unser!"

„Das scheint dich ja mehr zu stören als der Schwelbrand in deinem Haus."

„Lass uns von was anderem reden."

„Aber nicht am Phone. Wir machen jetzt mal Schluss. Gute Restfahrt."

Die freche Möhre, Anninchen, wusste, wer es war.

„Ist sie durch den Wind?"

„Nein, gar nicht. Wirkt fast schon cool. Aber sie stört sich dran, dass ich mit dir um den Gitzinger See laufe, das war immer unsere Strecke."

„So ist das in einer kleinen Stadt. Wir haben in Goff sogar gar keinen See, nur ein Wildschweinegehege. Da sind sonntags dann alle. Ganz schlimm. da ist dein ganzes Familienleben quasi öffentlich."

„In Huff doch auch. Aber zum Glück haben wir noch niemanden von der Uni getroffen."

„Sind vielleicht alle in der Kirche."

„Du scherzt. Aber es stimmt. Wir haben noch recht früh am Tag."

„Kannst du mir denn versichern, dass dieses 14-4-2024-Büchlein nicht mit KI geschrieben wird?"

„Ja, ja, kann ich. Susi ist im Übrigen auch echt."

„Der Schwelbrand?"

„Wir waren doch beide da. Das war keine Filmkulisse, das war Susis Haus."

„… hast du gesagt. Ich musste dir glauben. Es hätte auch ein Filmset sein können."

„16 Leute? Keine Scheinwerfer, kein Catering, kein

Aufnahmeleiter? Was? Das soll inszeniert gewesen sein?"

Anninchen schien misstrauisch geworden zu sein. Aber wieso? Lag es einfach an diesem Sonntag selbst? Oder hatte ihr das Seminar nicht gutgetan? Fünf Tage? Sieben Tage? Dradi langweilte sich. Dabei war doch der Schwelbrand Aufregung, und der Besuch von Anninchen war auch Aufregung. Dazu die Nachrichten des Tages: Iran greift Israel an.

Zusätzlich die Option, das Leverkusen erstmals in der Vereinsgeschichte Deutscher Meister Fußball werden könnte. Das war doch viel.

300 Drohnen. War das auch viel? Flog Russland die Ukraine mit 300 Drohnen per Tag an? Oder eher mit 30 oder 60? Bei den Drohnen musste man sich auch erst einmal auskennen, Modelle, Reichweiten, Kosten.

Man sitzt einfach wo und steuert Drohnen. Was für ein Gedanke! Man kann zerstören, töten, wüten. Sitzt aber fein wo an einem Monitor. Vielleicht noch einen Kaffee dazu, ein Rosinenbrötchen, belegt mit Käse. Dann steuert man die Drohnen. Oder die KI steuert. Oder die KI steuert, aber man kann immer eingreifen. Man hat also festgelegte Flugbahnen, ist aber zugleich flexibel. Vielleicht einen Kran noch mitnehmen? Per Drohne abschießen? Aus einer Laune heraus? Zerstören? Aus einer Laune heraus? Vier Menschen an einer Tankstelle, und die Tankstelle selbst? Aus einer Laune heraus? Weil man den Film „Die Vögel" gesehen hatte, von Hitchcock, da explodiert doch eine Tankstelle und brennt. Das könnte man doch machen, am Monitor, einfach so, aus Spaß. Drohnenkrieg machte bestimmt Spaß.

Außerdem konnte man sich denken, es sei ein Computerspiel. Alles nicht echt. Wer wusste es denn noch, was echt war und was nicht? So viele Fake-Filme und Kurzvideos. Wieso dann nicht Drohnen bedienen und den Gedanken an alles Menschliche ausklammern? Egal, wer du bist, Russe oder Ukrainer, Iraner oder Israeli. Hauptsache, da sind Drohnen. Ein herrlicher Krieg, solange du fein und lieb am Monitor bist und du nicht da unten selber herumläufst.

09:27 Uhr
Iran droht Israel bei Gegenangriff mit Vergeltung
Der Iran warnt Israel vor einem Gegenangriff. „Sollte Israel Vergeltung üben, wird unsere Antwort viel größer sein als die militärische Aktion von heute Nacht", kündigt der Stabschef der Streitkräfte, Generalmajor Mohammad Bagheri, an. Auch der Kommandeur der einflussreichen Revolutionsgarden, Hos-

sein Salami, droht mit Konsequenzen. Sollte Israel iranische Einrichtungen, Vertreter des Staates oder Bürger angreifen, werde Vergeltung geübt ...

„Hast du jemals vom Vergeltungskarussell gehört?"

„Ja, wir kennen das aus der Sozialarbeit. A schlägt B, sagt aber bereits: Wenn du zurückschlägst, bekommst du nochmal das Doppelte."

„Das liegt heute in der Luft, ich meine Iran/Israel."

„Gab da es nicht den Ausdruck der Vergeltungsspirale?!"

„Ich kannte bislang nur die Schweigespirale. Aber eine Vergeltungsspirale ist auch eine menschliche Beschäftigung üblicher Art. Bescheuert und grausam, aber menschlich."

„Vielleicht passiert das auch in Leverkusen. Stell dir vor, die hauen auf die Bremer ein oder umgekehrt?"

„Aber warum sollte man das tun?"

„Findest du im Fußball oft. Da sind auch Leute, die sich schlagen, einfach so. Es gibt auch Fans, die zusammen eine Freundschaft von zwei Vereinen haben. Schön. Aber dieselben haben dann zu anderen eine Art von Hass. Die prügeln sich dann immer."

„Was für eine Beschäftigung!"

„Du kannst deinem Leben auch so Inhalt geben: Gewalt. Immer nur Gewalt. Logik ist nicht angesagt. Die stoppen Busse auf der Autobahn und bewerfen Busse mit Steinen. Im Fußball ist alles möglich. Alles.“

„Leverkusen und Bremen, hassen die sich? Die Fans?“

„Ich weiß es nicht. Ist aber auch egal.“

„Ich bin so froh, das meine Enkel da nicht ...“

„Ja, hör mal. Klimakleber versus Autofahrer, da ging es auch schon voll ab.“

„Aber bei meiner Ilka ...“

„Aha. Kind aus guten Haus. Ilka. Aha. Und wieso wurde aus Greta Thunberg solch eine Rebellin?“

„Die ist ein Fall für sich. Hatte doch vor einer Woche wieder zwei Aktionen, unsere Greta.“

Bei der Blockade einer Autobahn in Den Haag ist Greta Thunberg festgenommen worden. Nach ihrer Freilassung kehrte die Schwedin zum Protest zurück – und wird erneut ...

Polizei verhindert gefährliche Blockade der Autobahn bei Den Haag. Greta Thunberg protestierte dort mit 100 anderen Klima-Aktivisten und wurde abgeführt ...

Die Klimaaktivistin hatte mit anderen Demonstranten eine Autobahn blockiert. Die Straße wurde bereits 37-mal besetzt ...

„Der alte Mann und das Gretchen, das wäre doch mal ein schöner Roman über dich. Hält sich aus allem raus, liest aber immer, was Greta macht."

„Freche Möhre, ich lese auch was Luisa macht. Eben, weil man sich ja mit Dingen befassen muss. Mit den 300 Drohnen, aber auch mit Greta und Luisa."

„Sind wir nicht bald an dem Lokal?"

„Noch zwei Kilometer, vier müssten wir schon zurückgelegt haben."

Eine Familie mit zwei Lastenrädern kam vorbei. Es schien eine Gesamt-Familie: zwei Kinder in jedem Kasten. Also zusammen vier Kinder, ein Mann, eine Frau. Und dann ganz neue Universalkleidung, wie gestern gekauft. Alles vom Feinsten, aber in diesem Fjällräven-Stil. Rote Töne, anorakähnlich. Enge Hosen, lang, Radfahrerstil. Alle sechs mit Helmen. Auf einem Kasten ein Aufkleber: „Klima. Katastrophe. Stopp."

„Stell dir vor, der See trocknet aus!"

„Das wäre für Huff schlimm, weil man nicht wüsste, wohin man ,ausflüglern' soll."

„Ihr braucht auch einen Kleintierzoo oder ein Wildschweingehege."

„Aber wer soll damit anfangen? Du brauchst Gelände ... und Macher oder Macherinnen."

„Du willst es nicht gründen?"

„Nein, kein Interesse. Ich habe es dir doch schon erklärt, oder war es mit Susi. Ich passe in kein soziales Milieu hinein. Weder im Golfklub noch im Imkerverein. Ich bin da nicht gleich und nicht unter Gleichen, ich bin da immer extra. Ich denke auch anders."

„Aber Frieden wollen doch auch alle."

„So meint man. Aber du siehst ja: Mit Frieden ist nichts. Und wenn Frau Wagenknecht spricht, kann man sich nur schämen. Da wird vorsätzlich Falsches geäußert, um Stimmen zu kriegen. So kann man enden! Vielleicht spricht sie das immer mit Oskar ab. Der Populismus ist eine echte Krankheit, da brauchten Leute mal eine Therapie, gerne auch bezahlt von der Krankenkasse."

„Yoga für alle. Da könnte ich auf 4,8 % kommen. Hat mal jemand ausgerechnet, ein Politikwissenschaftler wie du."

„Willst du als Yoga-Partei bei der Europawahl auflaufen?"

„Ich nicht, aber unsere Trainerin von dem Seminar, die Youtube-Frau, die hat das so angesprochen, als würde sie ernsthaft mit anderen erwägen, zu kandidieren."

„Mit Europa ist jetzt wohl zu spät, wegen der Fristen, aber in Thüringen klappt es vielleicht. Bei den Wahlen. Soweit ich weiß, sind die Europawahlen für die kleinen Parteien so attraktiv, die Hemmschwellen sind kleiner, qua Prozent. Du bekommst viel schneller jemand rein."

„Ach, ich glaube, die hat es nur so gesagt. Sie sprach auch von ‚Yoga für Frieden‘, das dann auch."

„Dann können die sich doch mit dem Wagenknecht-Lafontaine-Populisten zusammentun. Ich stelle mir Putin beim Yoga vor, herrlich. Putin, der Friedensfürst. Herrlich. Wenn man Frau Wagenknecht glaubt, ist alles so einfach. Sie soll auch Eis für alle noch anbieten, einfach so, Populismus bietet alles an Möglichem an, vereinfacht aufs Gröblichste, und die Welt wird zum Märchen der wahren Wünsche."

„Gründe du doch eine Populistenpartei!"

„Ich passe nicht in das soziale Milieu, das habe ich doch schon erklärt. Ich passe übrigens auch nicht in ein Repair-Café, aber auch nicht in den Hardcore-Kreis von Hobby-Drohnenbauern."

Wieder ein Vater mit seinem Sohn. Der Sohn hielt eine Drohne in der Hand. Ganz sicher. Man wusste aber nicht, ob es eine Spielzeugdrohne oder eine echte Drohne war, wobei es bei den „echten" noch etliche Abstufungen gab. Für den Krieg die Dinger, die waren wieder ganz besonders. Wer sollte den Vater daran hindern, mit einer kleinen Echtdrohne den Garten der Nachbarn anzugreifen? Danach zu erobern?

Warum sollten nicht alle normalen, kleinen Menschen Nachbarn überfallen, Land erobern? Was Putin mit der Ukraine konnte, das konnte doch jeder Mensch in kleinerem Maßstab auch: angreifen, überfallen, erobern.

Nehmen wir folgende Idee: Du behauptest, dein Nachbar sei Nazi. Dann stellst du ein Schild in den Vorgarten. „Dieser Mensch ist ein Nazi. Man muss ihn angreifen."

Im nächsten Schritt holst du die Drohnen und deinen Sohn, wenn du einen hast, ansonsten den Schwiegervater, und dann wird attackiert. Der Nachbar, sein Grundstück, auch das Haus. (Du kannst auch sagen, der Nachbar wäre Fan von Werder Bremen, und nicht von Leverkusen. Oder gar Fan vom 1. FC Köln, wegen Derby und so.)

Schon kannst du angreifen. Den Nachbarn, die Familie des Nachbarn, die Nachbarin, wenn sie alleine dort wohnt, die Kinder, das Haus, das Grundstück.

Anninchen schien alles gehört zu haben.

Hatte Dradi da laut vor sich hingesprochen?

Am See?

Der berühmte Gang um den Gitzinger See? Einstieg in eine neue Weltgeschichte. Per Geistesblitz. Nachbarn überfallen Nachbarn, mit Drohnen. Holen sich Land, holen sich Häuser. Erobern. Die Nachbarn bleiben zwar am Leben, müssen aber abhauen und verschwinden. Schnell, schnell. Ansonsten kommen sie in Züge und werden deportiert. Wäre das nicht ein hervorragende Idee?

„Ich bin doch überrascht, Dradi, was du alles denkst?"

„Hörst du das?"

„Ja, wenn ich will. Das ist die neue Hör-KI, die gibt es schon in ein paar Hundert Exemplaren. Mein Enkel hat davon eine Version, schwarz, auf dem Schulhof erstanden, und die durfte ich für meine Fortbildungswoche mitnehmen."

„Mich hörst du jetzt ab? Mein Hirn? Mein Denken? Wird es jetzt nicht furchtbar wild? Das gab es doch mal in einem Film. Der Mann, der wusste, was Frauen denken."

„Ich kann dich beruhigen, das Ding springt nur an, wenn das Wort ‚Drohne' fällt, und dann läuft es fünf Minuten. Danach müsste erneut das Wort Drohne fallen, in deinen Gedanken, dann hätte ich wieder fünf Minuten. Außerdem ist es eine Testversion, also nicht immer 100 % genau."

„Da soll ich mich freuen?! Ich denke heute dauernd an Drohnen, heute ist der (von mir dazu erklärte) Welttag der Drohnen, der Iran hat den Tag dazu gemacht. (Herrjeh! Und du hast kein Kopftuch, nichts. Ich sage nur: Iran!)"

„Danke, dass du so fürsorglich bist. Mir machen die ganzen Erfindungen selber Angst. Aber als Mensch von 63 Jahren muss ich irgendwie mittun, sonst werde ich selber noch verjagt."

„Das siehst du sehr scharf, sehr bewusst. Ja, so kann es kommen. Ach, freche Möhre. Wenn erst einmal alle Nachbarn sich gegenseitig mit Drohnen bekämpfen, dann geht der Ärger richtig los. Die Denunziation ist nur Vorspiel, Vorwand, an den Attacken ändert sich nichts. Ich könnte sagen, du hättest den Iran beleidigt, weil du kein Kopftuch trägst. Ich könnte aber auch sagen, du hättest den Gitzinger See geschändet, weil du hier mit mir läufst, statt ich mit meiner Ex namens Susi. Und Susi mag das bekanntlich nicht."

Ja, man konnte sich an so einem Tag gut in etwas

hineinsteigern. Die Gedanken waren da, die Ideen auch. Es gab etliche Vorbilder aus aktuellster Politik und aus aktuellen Kriegen.

Ukraine? Gab es Neues? Konnte Anninchen mit der Software vom Enkel alle diese Nachrichten empfangen oder musste sie noch ganz traditionell das Smartphone hervorholen oder sich an einen Computer mit Internet setzen?

Erneute Drohnenangriffe im Ukraine-Krieg - Selenskyj fordert Lieferung von Flugabwehrsystemen Selenskyj lobt Deutschland im Ukraine-Krieg - Bundesregierung liefert weiteres „Patriot"-Waffensystem ...

Irans jüngste Angriffe auf Israel folgen gefährlichen, neuen Strategien, die an Russlands Taktiken gegen die Ukraine erinnern, aber auch an das Vorgehen der Huthi-Miliz im Roten ...

Der Iran soll in der Ukraine getestet haben, wie sie mit ihren Drohnen westliche Luftabwehrsysteme umgehen können. Teheran soll auch aus den Angriffen der Huthi gelernt ...

Die Ukraine hat nach Angaben ihrer Luftwaffe zehn russische Drohnen abgefangen. Die Zahl der Todesopfer beim ukrainischen Angriff in Tokmak ist nach russischen Angaben auf 16 ...

Nach Angaben Kiews hat die russische Schwarzmeerflotte im Ukraine-Krieg bisher etwa ein Drittel ihrer Kampfschiffe eingebüßt. Die Zahl der in den vergangenen gut zwei Jahren zerstörten ...

Zum Glück kam das Lokal. Es war Sonntag, aber es war gar nicht so voll. Lag es immer noch an der Uhrzeit oder lag es Tag selbst. Vielleicht hatte die Leverkusen-Meister-Frage ganz Deutschland so elektrisiert, dass niemand mehr wegwollte, von seinem Zuhause. Oder fast niemand.

Die immer weniger Zoom-Übertragungen aus katholischen und evangelischen Kirchen, vielleicht auch aus den Freikirchen, konnten kaum so einen Einfluss auf die Massen haben.

Oder sollte schon der ZDF-Fernsehgarten gestartet sein?

Nein, nein, beruhigte ihn die freche Möhre: Erst ab 5. Mai.

Dradi aber war besorgt, weil er das Wort Drohne nicht gedacht hatte, aber Anninchen dennoch wusste, was er dachte. Ein echtes Problem!

ZDF Fernsehgarten 2024

ZDF-Fernsehgarten

05. Mai - 29. September 2024; Ausfall am 28. Juli und 11. August; Änderungen vorbehalten!!!

ZDF-Sendezentrum, Mainz-Lerchenberg

Der ZDF-Fernsehgarten öffnet seine Gartenpforte zur ersten Livesendung am 5. Mai 2024.

Andrea Kiewel präsentiert wieder live und Open Air vom Fernsehgarten-Gelände auf dem Mainzer Lerchenberg ein abwechslungsreiches und vielseitiges Showprogramm. Musik, Artistik, Service, Comedy und spektakuläre Aktionen – auf das und mehr dürfen sich die Zuschauer auch in diesem Jahr wieder freuen.

Folgende Mottosendungen sind bereits geplant; Änderungen jederzeit vorbehalten!!!

05.05. Happy Garten!

12.05. „Mama" Mia

19.05. Flohmarkt

26.05. Discofox

02.06. Garten Games

09.06. 2000er Party

16.06. Heimspiel Europa

23.06. Fußballparty

30.06. Schlagerparty - Warteliste

07.07. noch nicht bekannt

14.07. Mallorca - Warteliste

21.07. Frankreich

28.07. Ausfall

04.08. Sommerparty - Warteliste

11.08. Ausfall

18.08. Food Festival

25.08. noch nicht bekannt

01.09.   „

08.09. Wild Wild West

15.09. Das große Schlagerfestival - Warteliste

22.09. Tierisch Natürlich

29.09. Oktoberfest - Warteliste

Bitte beachten Sie:

- Die Personalisierung der Tickets ist verpflichtend. Anzugeben sind die Namen aller Teilnehmenden bis donnerstags vor der jeweiligen Veranstaltung.

- Das Mindestalter für den Tisch- und Sitzplatzbereich auf der Tribüne beträgt 6 Jahre!!!

- Kinder im Alter von 0-5 Jahren benötigen im Stehplatzbereich eine kostenfreie Eintrittskarte.

- Rollstuhlfahrer und Schwerbehinderte richten Ihre Bestellung zusammen mit einer Kopie des Schwerbehindertenausweises, den gewünschten Tickets sowie dem Veranstaltungsdatum inkl. einem Ausweichtermin an fernsehgarten-karten@ zdf-service.de. Wir werden die Platzkapazität prüfen und uns automatisch mit Ihnen in Verbindung setzen.

Wir weisen an dieser Stelle noch einmal ausdrücklich auf Punkt 6 unserer AGB's hin:

Sollte dem Kunden der Besuch der Veranstaltung nicht möglich sein, ist dieser berechtigt, bis 3 Tage vor Veranstaltungsbeginn die erworbenen Tickets im Kundenkonto oder telefonisch über die Tickethotline des ZDF kostenfrei zu stornieren. Es ist eine Teil- oder Komplettstornierung möglich. Der letzte Tag einer möglichen Stornierung ist demnach donnerstags vor der jeweiligen Veranstaltung. Kurzfristig erworbene Tickets können nicht mehr zurück gegeben werden!!!

Ab dieser Saison steht keine Tageskasse mehr zur Verfügung. Resttickets können bis zum Sendungsbeginn (ca. 12 Uhr) über dieses Portal gebucht werden.

Immer wieder Neues, überall. Selbst, wenn man nicht direkt betroffen war, so musste man doch feststellen, dass alles anders war.

So las er den Hinweis, dass ab dieser Saison keine Tageskasse mehr existiert. Was für ein Schock, wenn Menschen seit zehn Jahren daran denken, mal selber zum Fernsehgarten aufs Sendegelände zu fahren. Und dann das! Denn es gibt auch das kleine Leben, mit den sinnlosen Zeitvertreiben, wo sich ein Fernsehgartenbesuch so herrlich einreihen ließe.

Oder Calli, Rainer Calmund, heute nicht im Fernsehgarten, aber live bei Sport1. Man stelle sich vor, man hätte per Drohne das Haus eines Nachbarn gekapert, auch eine schöne Gartenfläche dazu, wo man dann im Frühjahr und Sommer draußen sitzen wollte, auf einer riesigen Terrasse, um die Sendung „Doppelpass" zu sehen, mit Calli als Hauptgast, auf den sich alles konzentriert, und man muss hören. Calli ist angesagt, haha, da kannst du gucken, mit deinem Superdrohnengrundstück! Draußen!

Wenn man was Fremdes brutal erobert, dann will man es auch genießen, da gehören die kleinen Freuden ja auch zu.

Anderes Beispiel: Ich erobere ein Grundstück mit Pool. Plötzlich melden die Medien, wegen Klima seien dieses Jahr keine Pools erlaubt, die Pools schon, aber kein Wasser darin. Dann hättest du den tollen Pool erobert, brutal, aber erfolgreich, könntest den aber nicht zum Schwimmen nutzen, weil es kein Wasser gibt bzw. weil es ein Wasserverbot gibt. Wäre das dann noch ein Leben?

Sie saßen im Lokal. Dieser komische Name mit der Gans. Es gab nicht mal Gans auf der Karte. Aber irgendein Salat war dabei. Anninchen war nämlich vegan, da musste sie genau auf die Ernährung achten. Wir immer gab es nur einen Salat. Mehr hatte das Lokal nicht zu bieten.

Sie saßen so schön auf der Ecke, es war eine Art Holzplattform, alles erhöht. Man sah also wie ein kleiner König auf den See, oder eine kleine Königin. Dradi hatte aber noch kein Grundstück erobert, hatte er selbst ja auch nicht vor. Er befasste sich nur mit einer Gesellschaft, die dann so tickte.

Was Putin hier mit der Ukraine vorspielen wollte, bislang war ja noch kein Erfolg da, nur erste Eroberungen ... was Putin vormachte, würden natürlich Millionen, nein, Milliarden nachmachen wollen. Das war das Role-Model-Phänomen. Vielleicht passte der Angriff der Hamas in dieses Konzept, der Rückangriff von Israel, der heutige Angriff vom Iran auf Israel, man könnte das auf alle Schauplätze der Welt ausdehnen. In Nigeria wurden immer wieder Schulkinder entführt. Es gab des Schreckens kein Ende. Alle machten allen das Böse nach.

Da tat es gut, am See zu sitzen, recht hoch, auf den See und die Enten zu starren, kein Gänsefleisch zu essen, aber dennoch sich irgendwie erhaben zu fühlen. Die Welt war bedingungslos schlecht, der Mensch auch. Aber man selber war ein kleines bisschen besser, nicht bedingungslos gut, aber irgendwie besser als das Verbrecherische der Welt. Dazu ein kaltes Getränk, gerne Alkohol, für Dradi, und vielleicht einen Pfannekuchen, während sich Anninchen mit einem veganen Salat und einem Fruchtgetränk begnügte, aber auch froh dabei war. Yoga für Frieden, die Fortbildungswoche, und so.

„Wie recht du hast, Dradi, wie recht!"

„Mich stört, dass du alles hörst, auch wenn das Wort Drohne nicht gefallen ist."

„Auch das Wort ‚Mensch' scheint eine Rolle zu spielen. Ich denke an die Konfirmation."

„Obwohl die nicht in die Kirche gehen?"

„Meine Tochter will es aber. Alle drei sollen nicht nur getauft sein, sondern auch zur Konfirmation."

„Macht ihr dann wieder eine Hochzeitszeitung mit ChatSOWIESO?"

„Bei einer Konfirmation? Nein, das müsste dann eine Konfi-Zeitung sein."

„Schön. Dann macht doch mal eine Konfi-Zeitung, und zur Einberufung in die Armee bekommen die drei Enkel dann eine Soldaten-Zeitung. Auch aus der KI."

„Wieso Soldaten?"

„Wenn die Leute alle durchdrehen und meinen,

es müsste auch 2024 alles voller Kriege und Unruhe und Menschheitsverbrechen sein, dann brauchst du auch Soldaten und Soldatinnen. Die müssen ja irgendwo herkommen."

„Könnte man nicht den Drohnenkrieg führen, ohne irgendwelche Menschen zu Felde?"

„Gute Idee, dann würde nur Technik zerstört. Drohnen treffen sich auf weitem Feld, dann ballern alle rum, 90 % stürzen ab, 10 % bleiben über, von den Drohnen, kein Toter. Und dann wird eine Partei zum Sieger erklärt. Von der UNO."

„Ginge das nicht?"

„Ach, freche Möhre, ach, freche Göre, ach ... freche, alte Frau, gehen tut alles, aber klappen tut nichts. Nenne mir doch einen Staatsmann, oder eine Staatsfrau, die da mittäte? Vielleicht von einem kleinen Mini-Land, aber Russland, China, USA, Indien, Europa, die machen doch da nicht mit. Auch nicht, wenn Frau Wagenknecht rumreist. (Was sie sich gar nicht erst traut.) Und dann noch ihre russlandfreundlichen Parolen kommuniziert. Auch dann nicht."

„Scholz ist doch bei Xi Jingping!"

Bundeskanzler Olaf Scholz beginnt am Sonntag seine dreitägige China-Reise. Bei dem Besuch des SPD-Politikers soll es um

Wirtschaftsbeziehungen und internationale Krisen gehen. Erste Station von Scholz und seiner Begleitung ist die Metropole Chongqing, die mit 32 Millionen Einwohnern größte Stadt der Welt.

In Chongqing wird der Kanzler eine Produktionsstätte von Wasserstoffantrieben der Firma Bosch besuchen, mit Studenten über Stadtplanung sprechen und sich über ein Forschungsprojekt des Freistaats Sachsen und der Universität Chongqing zur Überwachung der Wasserqualität informieren. Außerdem stehen ein Gespräch mit dem regionalen Parteisekretär Yuan Jiajun und eine Bootsfahrt auf dem Jangtse auf seinem Programm.

„Aber die Reise begann ja schon gestern am 13., heute ist der 14. April."

„Aber den Xi sollte er dennoch erst am Ende treffen, war es nicht sogar erst der 15.? Und was soll er dem sagen: Bitte greife nicht an! So???"

„Xi greift jetzt auch an?"

„Weißt du doch. – Wir müssen erst mal deinen Salat bestellen. Moment. Willst du die Artischocken auch? Okay. Für mich den Pfannkuchen, gerne die deftige Variante, mit Käse und so. Ja auch dazu die Erdbeermarmelade. Ja, wir haben was zu feiern. Gerne auch noch Sahne."

Sie trank Mirabellensaft, er normales Bier, weil es das süße, rote hier nicht gab.

„Unser Superchinese droht doch jede Woche mit dem Verschlucken von Taiwan. Da haben wir doch die andere fette Hyperkrise. Jeder holt sich, was er will. Sei du ein großer und starker Staat und verschlucke, was du verschlucken kannst. Die Chinesen machen Jahrzehnte später nach, was sie früher bei den Kolonialmächten beobachten mussten."

„Hört sich an, als hättest du Verständnis!"

„Nein, habe ich nicht, aber man muss bei allem natürlich historische Fenster aufmachen."

„Wenn Putin also Erfolg hat, mit dem Ukraine-Verspeisen, dann lässt sich Xi Taiwan schmecken?"

„Es gibt da einen gewissen Zusammenhang. Aber China ist derzeit so stark, die könnten auch bei Putins Untergang noch an eine Taiwan-Verkostung denken. Ich rechne mit allem, und schaue immer auf die 67 Jahre, die ich auf diesem Murks-Planeten schon verbracht habe. Jede Demonstration für sich war am Ende sinnlos. Da geht es hin, dort geht es her. Aber wurde die Welt besser, über alles hinweg?"

„Ich weiß nicht. Ohne mein Yoga wäre ich nichts. Ich denke nicht ans System und Demonstrationen."

„Schön, aber wenn Drohnen über deine Stadt, über Goff, fliegen, dann musst ja an all das denken. Yoga unter Drohnenbeschuss stelle ich mir nicht wirklich ergiebig vor. Auch nicht schön."

Es kam der Salat, es kam die Freude. Der Eierkuchen war so richtig dick und fett, Dradi würden sich seinen ansehnlichen Bauch noch voller zustopfen. Litt er eigentlich an einer Fettleber? Vier Biere mit Beppo, alle zwei Wochen? Bekam man davon eine Fettleber? Oder eine andere Leber. Eine Zirrhose? Ein süße, kleine Leberzirrhose?

Dradi nahm es nicht an.

Anninchen ärgerte sich über das laute Geräusch, mit welchem die Kellnerin, sie müsste um die 45 gewesen sein, die „Bowl" abstellte. Hatte man die schon mit Drohnen aus ihrer Wohnung entfernt? War die vielleicht deshalb schlecht gelaunt? Die freche Möhre wusste es nicht, aber Dradi wusste es auch nicht, diese dicke Eule alias die dicke Beule. Vielleicht war am Ende sein Bauch die dicke Beule?

Taiwan, das Erdbeben kam ja auch noch. Schlimm, schlimm, schlimm.

Man konnte alle Tage so bestreiten. Schlimm, schlimm, schlimm. Da war die Natur, immer den Menschen besiegend, und da war die Politik, die

Großmächte. China immerzu mit seinem Militär da rumfahrend und rumfliegend, im südchinesischen Meer. Ach, Taiwan, sollen wir uns mit 67 Jahren auch um dich noch sorgen? Oder werden wir lieber Gold spielen? Ewig Golf spielen. Altkanzler Schröder spielt mit seinen 80 Jahren offenbar auch Golf, und ist Freund von Putin. Wie geht das? Beispiel: Bernd Simmelsgresslinger beichtet mir, er hat vier Nachbarn mit Drohnen ermordet. Könnte der mein Freund sein? Dann noch echt ein „Freund" sein?

Schröder kann alles, kann all das, und er spielt Golf. Alle spielen dann immerzu Golf, selbst Fußballer wie Olaf Thon oder Peter Neururer spielen ja Golf. Beckenbauer eh, der war dann auch mit seinem eigenen Turnier so furchtbar karitativ, bis er starb.

Vielleicht konnte man nur so alles verdrängen, was auf der Kugel namens Welt an Unerträglichem passierte. Golf und Spiele.

Vor der China-Reise des Bundeskanzlers fordern mehrere Politiker eine klare Haltung in der Taiwan-Frage. Auch Vertreter der Inselrepublik dringen auf Klartext von Scholz ...

Die vier Speicher-Fabriken Microns in Taiwan haben das Erdbeben weitgehend unbeschadet überstanden. Die DRAM-Lieferungen dürften nur minimal zurückgehen ...

YOSHIKI spendete 10 Millionen Yen an das taiwanesische Rote Kreuz über seine 501(c)(3) Non-Profit-Organisation, „YOSHIKI FOUNDATION AMERICA", zur ...

Mehr als eine Woche nach dem schweren Erdbeben vor der Küste Taiwans haben Rettungskräfte ein weiteres Todesopfer in einem Steinbruch gefunden ...

„Warum spielst du kein Golf, Anninchen?"

„Weil ich früher auch nie Tennis spielte. Ich brauche so etwas nicht. Status? Pah, ich bin Sozialarbeiterin."

„Dein Sohn Harald?"

„Golf? Nicht das ich wüsste."

„Aber du musst doch vergessen, auch vergessen können."

„Ich habe nur den einen Wunsch, noch etliche Jahre Yoga machen, die Enkel wachsen sehen ... mehr nicht."

„Stichwort: Drohnen?"

„Da redest du immer von. Ich sehe keine Drohnen!"

Und schon hatte sie wieder ihre Gabel in der Hand, frech, frei, bestimmt. Der Salat wollte verzehrt werden, samt Artischocken, wozu sie einzelne Teile in die Hand nahm, damit die Zähne das Fruchtfleisch, abstreifen konnten.

Bei großen Artischocken sind die unteren fleischigen Teile der Hüllblätter und die Blütenböden (eigentlich Korbböden; das Artischockenherz) essbar. Die unter den Blättern liegenden Härchen, das so genannte „Heu" (nicht geöffnete Blüten), sind nicht zum Verzehr geeignet. Kleinere Artischockensorten, die überdies früh geerntet werden (wie es z. B. auf der Gemüseinsel Vignole in der Lagune von Venedig üblich ist), können im Ganzen verzehrt werden, darunter auch die mit dem Siegel der geschützten geografischen Angabe (g. g. A.) versehene, dornenlose Römische Artischocke (carciofo romanesco).[6] Die ganzen Blütenköpfe werden gebraten, gekocht oder frittiert. Der feine Geschmack der ungewürzten gekochten Artischocke ähnelt dem des Eiweißes eines Spiegeleis. Artischocken werden 20 bis 45 Minuten in Salzwasser mit etwas Zitronensaft gekocht. Die Blätter werden dann abgezupft und der untere Teil mit den Zähnen abgezogen. In der Regel wird dazu eine Vinaigrette gereicht. Artischockenböden werden auch eingelegt und sind unter anderem ein verbreiteter Pizzabelag.

Artischockenherzen sind als kulinarische Delikatesse beliebt, wenngleich dies bei jungen Kunden in Frankreich nachlässt. Artischockenherzen werden frisch gekocht sowie auch in Dosen oder eingelegt angeboten. In Öl mit Kräutern eingelegt gelten sie als beliebte Komponente mediterraner Antipastiplatten.

Zusammen mit Kräutern wird aus Artischocken seit 1953 in Padua auch ein dunkelbrauner Digestif mit dem Namen Cynar hergestellt.

Artischocken enthalten je 100 Gramm rund 10,5 g Kohlenhydrate (davon 0,99 g Zucker), 0,15 g Fett und 3,27 g Eiweiß sowie 5,4 g Ballaststoffe. Der Energiegehalt beträgt 197 kJ (47 kcal). Die Artischocke ist reich an Vitaminen. Sie enthält vor allem größere Mengen an Vitamin B9, C und K, es kommen jedoch auch weitere B-Vitamine in nennenswerten Mengen vor.

„Wird denn meine Esserei auch in den kleinen Roman ... jene sogenannte Romanovelle reinkommen. Die vom 14.4.2024."

„Freche Möhre, das kannst du doch sowieso nicht beeinflussen. Gib dich doch einfach zufrieden. Gib dich mit allem zufrieden."

„Man könnte mich fotografieren und, schwupps, das Foto irgendwie posten."

„Ich weiß: der total öffentliche Mensch. Wir haben vielleicht etwas Glück, weil wir nicht prominent sind. Dennoch kann jemand, deine Art, Artischocken zu essen, so niedlich finden, dass er dich unbeobachtet fotografiert und dann bist du schon gepostet."

„Hast du in deiner Unilaufbahn nie das Buch geschrieben, welches da lautet ‚Der gepostete

Mensch'?"

„Nein, aber vielleicht sollte ich mir das für meine letzten Jahrzehnte vornehmen, wenn es denn Jahrzehnte sind: das große Abschlusswerk über den geposteten Menschen. Er hat gelebt, nichts wurde anders. Ausnahme: Im Rhein kann man theoretisch schwimmen, faktisch aber zu gefährlich wegen Strömung und Schiffen. Au ja, das würde eine große Abrechnung mit allem und jedem."

„Käme Susi auch drin vor?"

„Es wäre wohl nicht nett, das zu tun. Dann müsste sie mir schon extra die Erlaubnis geben."

„Aber Susi ist derzeit wohl nicht gewillt, dazu. nach der Wohnungssache."

„Ja, ich werde also nichts zu einem Buch sagen. Klar. Aber bei Susi weiß man nie, sie kann tagelang ein Nervenbündel sein, aber sie ist auch dafür bekannt, als coole Socke in Zügen von Karlsruhe nach Huff unterwegs zu sein."

„Wollte sie sich nochmals melden?"

„Es war unklar. Es kann aber sein, dass sie nochmals anruft, schon allein deshalb, weil ich mit dir an unserem Gitzinger See im Gänselokal bin. Das mag sie nicht, das wissen wir ja bereits."

„Ich muss immer an die Fotoalben denken."

„Ja, ich auch. Wenn einem die Fotoalben verbrennen, sagt man: Ich muss erst mal alles einscannen. Aber das sagt man immer zu spät. Zweiter Gedanke: Oh, da ist es ja gut, dass man überall von wem fotografiert werden kann, auf jeder Terrasse, und dann unerlaubt im Internet ist. Denn so bleibt ja das Foto. Wenn also andere Fotos verbrannt sind, freust du dich über illegale Aufnahmen (von dir) im Netz. Oder nicht?"

„Mich wundert, dass du so locker bist. Wo doch alles voll Fakes ist."

„Stimmt, die Wahlen sollen ganz schrecklich werden. Alle Wahlen, die nun kommen. Auch die in den USA."

„Die nehmen dein Foto, und die KI macht aus dem Foto einen Film mit dir. Alles Fake."

„Meine Stimme nehmen die auch, die brauchen nur Bildmuster und Stimm-Muster, aber oft gar nicht viel. Dann drehen die einen Film von fünf Minuten, wo Dradi van Ackeren sagt, ein Angriff auf Taiwan wäre eine richtige Sache."

„Du denkst ganz anders!"

„Ja, aber die KI verdreht mein Denken, produziert Fakes, und Russland wird vielleicht 10 Milliarden Fake-Videos in unsere Wahlen reinspielen. China auch. Trump ist sowieso dafür zu haben. Und dann werden Leute wie Aiwanger und Söder auch schwach. Motto: Es klappt ja so gut, dann können wir es auch machen. Mit den Fakes über andere."

„Plötzlich fordert Scholz den Friedensnobelpreis für Putin."

„Ja, das ist alles denkbar. Wirklich alles. Fake as Fake can. Bzw. undenkbar, weil wir einer so schrecklichen Zeit entgegengehen. Wir haben A) Krieg B) Leute, die mit Drohnen alles und jeden überfallen (Raketen natürlich dann noch zusätzlich) ... und wir haben C) so viele Fakes, dass wir nicht mehr zur Wahrheit vorstoßen können."

„Also doch meditieren."

„Ja, scheint gut, aber du brauchst drohnenfreie Plätze dazu. Und Trinkwasser. Diese zwei Sachen müssen schon sein. Dann kannst du meditieren."

„Mache ich vielleicht."

„Dann werden die Enkel wenig von Oma Möhre haben."

„Auch richtig. Ich wünschte, mein nächster Yoga-Kurs begänne. Da ist ja auch Meditation, mit den Enkeln spreche ich aber zusätzlich. Auch via Sprachnachrichten."

„Klar: KI, mache mir eine Sprachnachricht an meine Enkelin Ilka, die voller Energie an einer Anti-Klima-Demo in Goff teilnehmen will. Schon ihre 14. Demo, und sie ist erst zwölf Jahre."

„Ach so, das ist dann ja auch Fake."

„Ja und nein, das wäre eine Frage für Philosophen. Die KI orientiert sich ja an allen deinen Sprachnachrichten, wenn du sie richtig eingestellt hast."

Künstliche Intelligenz (KI) ist ein Teilgebiet der Informatik. Sie imitiert menschliche kognitive Fähigkeiten, indem sie Informationen aus Eingabedaten erkennt und sortiert. Diese Intelligenz kann auf programmierten Abläufen basieren oder durch maschinelles Lernen erzeugt werden.

In den vergangenen Jahren wurden vor allem im Bereich des maschinellen Lernens große Fortschritte gemacht. Das liegt vor allem an der zunehmenden Verfügbarkeit von großen Datenmengen und hoher Rechenleistung, die eine Grundvoraussetzung für die komplexen Berechnungen von Machine Learning sind.

Bei maschinellen Lernverfahren erlernt ein Algorithmus durch Wiederholung selbstständig eine Aufgabe zu erfüllen. Die Maschine orientiert sich dabei an einem vorgegebenen Gütekriterium und dem Informationsgehalt der Daten. Anders als bei herkömmlichen Algorithmen wird kein Lösungsweg modelliert. Der Computer lernt selbstständig die Struktur der Daten zu erkennen. Beispielsweise können Roboter selbst erlernen, wie sie bestimmte Objekte greifen müssen, um sie von A nach zu B transportieren. Sie bekommen nur gesagt, von wo und nach wo sie die Objekte transportieren sollen. Wie genau

der Roboter greift, erlernt er durch das wiederholte Ausprobie-
ren und durch Feedback aus erfolgreichen Versuchen.

„Das wird aber zu viel. Ich habe dich nicht in Huff besucht, damit du mir Texte von der Fraunhofer-Gesellschaft vorliest."

„Sorry. Aber es lag gerade so auf der Zunge."

„Die KI sagt dir wahrscheinlich auch, wann du deinen Gästen Zitate zur KI vorlesen sollst. Ist es nicht so?"

„Du vergisst, dass ich an der Uni eher als Politologe geführt wurde."

„Und du vergisst, dass ich Sozialarbeiterin bin. Das ist mein Wesenskern. Und da geht es um Ansprache, direkte Ansprache. Auch berühren mal. Von Menschen, die arm dran sind. Auch von Menschen, die weniger arm dran sind. Aber alle brauchen Zuspruch. Da werde ich kein KI-Maschinchen laufen lassen."

„Probiere es doch mal mit den Drohnen. Wo arbeitest du gerade?"

„Mit Frauen. Das ist eine Hochhaussiedlung in Goff. Sie heißt Klemmlinger Höhenriegel. Kennst du nicht."

„Aber ich habe ja Vorstellungskraft. Habt ihr da Kellerräume?"

„Nein, wir haben eine große Fläche im Erdgeschoss mit großen Scheiben, da haben wir dichtes Programm. Kurse, Gesprächskreise, Beratungen."

„Um so schöner. Warum solltet ihr nicht Drohnen bauen?"

„Frauen?"

„Du unterschätzt deine eigene Klientel. Man muss die Drohne aus der Vater-Sohn-Schmutzecke herausholen. Zumal, wenn es nun einen Tag der Drohne gibt."

„Gibt es einen?"

„Offenbar ja, ich würde ja den 14.4.2024 vorschlagen, wegen Attacke Iran auf Israel. Ein mahnendes Ereignis. Aber es gibt schon was, schon einen anderen Tag."

Der International Drone Day geht auf eine Initiative der beiden britischen Videoproduzenten und Drohnenfliegern Sarah und David John Oneal aus dem Jahre 2014 zurück. Die beiden haben es sich mit diesem Aktionstag zum Ziel gesetzt, das Thema Drohnen und Drohnenflug einer breiteren Öffentlichkeit vorzustellen und bestehenden Vorurteilen bzw. Ängsten entgegenzutreten. Immerhin betrachten viele Menschen diese Fluggeräte sehr skeptisch.

Mit ihrem Anliegen können die Initiatoren einen Erfolg verbuchen. Denn seit der ersten Auflage des Internationalen Tags des Drohnenflugs im Jahr 2015 haben über 40.000 Teilnehmer in 150 Ländern teilgenommen. Siehe dazu auch die Liste der weiterführenden Links unten sowie den Beitrag zum bundesweiten Tag des Modellflugs in Deutschland, der immer Anfang Juni stattfindet.

„Wird der denn noch begangen?"

„Ich weiß es auch nicht. Egal, mir geht es um Frauen und Drohnen. Ich würde vorschlagen, dass ihr in Goff in der Hochhaussiedlung mit einer Gruppe Frauen zusammen Drohnen baut."

„Und dann?"

Mirabellensaftglas war leer, Bierglas war leer. Sie bestellten nach. Der Pfannkuchen war verspeist, der Salat war auch weg. Nachspeise?

Beide zögerten.

„Sollen die Frauen dann angreifen?"

„In Zeiten, wo alle angreifen, ist es immer Teil der Möglichkeiten."

„Aber wen?"

„Ich denke, man könnte die männliche Gesellschaft angreifen. Diese ganzen Kriege scheinen ja immer noch in erster Linie Männerzeug zu sein."

„Ach ja?"

„Ihr könntet euch Häuser holen, Grundstücke."

„Durch Gewalt?"

„Man muss alles mal durchdenken. Ich bin gegen Gewalt, aber wenn alle sich gegenseitig abschlachten, und ‚Frieden' nur meint, reale, brutale Eroberungen zu akzeptieren (Stichwort Wagenknecht), dann hat die Idee von Gewalt einen anderen Sinn bekommen. Gut finde ich all das nicht, aber man muss es ja mal durchdenken."

„Ich fände es gut, wenn Männer enteignet würden. Das Susi-Prinzip. Die Frau bleibt, der Mann zieht aus. Aber geht es denn nicht mal ohne Drohnen, geht es nicht ohne Gewalt?"

„Durchspielen ... ich sagte durchspielen ... es werden so viele Frauen von gewalttätigen Männern erniedrigt, bedroht, unterdrückt. Da könnte man doch überlegen, dass man mal ganz anders agiert."

„Also, ich weiß nicht."

„Und wenn ihr erst einmal 100 Drohnen baut, als erster Schritt. Das wäre dann schon mal eine Art von Drohung an alle Männlichkeit."

„Wie bei den Atomwaffen. Haben, aber nicht einsetzen? Dennoch dauernd damit drohen?"

„So ungefähr."

Dradi trank aus leerem Glas. Was sprach er da nur?

Außerdem war es gar nicht sein Ding, das mussten die Frauen für sich klären. Aber in einer Zeit, wo jeder jeden angreifen soll, und wo solche Eroberungen hernach rechtens gesprochen werden sollen, da muss jeder für sich klären, ob und wie er mittut.

Jetzt sah man eine Drohne in der Luft, sie kreiste über dem See.

Es schien so, als seien Tausende von Männern mit ihren Söhnen (man sah eigentlich keine Väter mit Töchtern und Drohnen) hinausgezogen, in die freie und die weniger freie Natur, nur weil heute der Angriff vom Iran auf Israel stattfand, mit 300 Drohnen bzw. 300 Drohnen plus Raketen, man musste die Zahlen erst einmal genau klären. Aber wann?

Offenbar war es aber glimpflich ausgegangen.

Gegen 1.45 Uhr Ortszeit gab es in Jerusalem Alarm. Über dem Himmel der Stadt waren Leuchtstreifen zu sehen und Explosionen von abgefangenen Raketen zu hören. Die Bürger wurden aufgefordert, sich in Schutzräumen in Sicherheit zu bringen.

Am Morgen erklärte das Militär dann, dass der Angriff „vereitelt" worden sei. Von rund 300 ballistischen Raketen und Drohnen seien 99 Prozent von Israel, den USA, Großbritannien und Jordanien abgefangen worden - teilweise schon über Syrien und Jordanien, melden israelische Medien.

Er sah noch eine zweite Drohne. Diese kreiste über dem Freiluftbereich des Lokals.

Dann eine dritte, die musste drei Kilometer entfernt sein. Ohne Geräusche ging es auch nicht ab.

Am Nebentisch saß ein mittelaltes Ehepaar, sie mit Wanderhut. Eben diese Frau beklagte sich übermäßig laut über den ganzen Lärm der Drohnen. Da würde man an einem Sonntag Erholung suchen, und dann das.

Oh ja, sie hatte gewiss recht. Wenn aber die Drohnenmanie endlich mal ein entsprechendes Ausmaß erreicht hat, erreicht haben wird, dann muss sie sich verkriechen. Dann bekommt sie nämlich durch die faktischen Ereignisse Annäherungen an die Gefühle der Menschen in Gaza. Du kannst nirgendwo sicher sein, es gibt keinerlei Versteck, du wirst von A nach B gehen, und da fällt genauso ein Schuss wie woanders. Wie verhielt es sich dort eigentlich mit den Drohnen? Wie viele setzte Israel ein? Bislang? Wie viele noch? Arme Völker, da, dort.

Auf jeden Fall lief ohne Drohnen nichts mehr, weder im Krieg, noch im Frieden. Früher war dem so, mit der Kanone, oder noch früher mit Helm und Rüstung und Kettenhemd. Aber in diesen Jahren war die Drohne angesagt. Es würden auch Autos kommen, die in der Optik an Drohnen angelehnt sind.

Gürtelschnallen ebenso. Eroberte Häuser würden über dem Eingang ein Modell der Drohne hinhängen, mit welcher man sich das Haus angeeignet hatte.

Die Rechtsprechung hatte schon angekündigt, über solche Eroberungen großzügig hinwegzusehen. Insofern war da noch kein Ausmaß abzusehen. Es schien unendlich, das Drohnenthema. Die Kette von Gewalt und Drohne und Attacke und die menschliche Bösartigkeit per se, das war ein ganzes Gemenge, wo eines ohne das andere nicht denkbar war. Ja, wie ein Eintopf, ein Durcheinander. Man sollte am Ende noch Blut darübergießen, dazu Aktionskünstler aus Österreich einfliegen (lassen), sofern es noch solche Leute gab. Mit dem Blut als solches, das war keine Kunst. Aber Blut zu inszenieren, das wussten etliche eben noch nicht.

Aus dem Buch „Drohnen ohne Vorkenntnisse selber Bauen & Tunen"

+ Rahmen und Motoren

+ Motorsteuerung - der Brushlessregler (ESC)

+ *Luftschrauben im Copterbau - LiPo-Akkus*

+ *Ladegeräte und Ladetechnik*

+ *Flightcontroller: Ardupilot Mega 2.6, DJI Naza Lite, KK Board Mini, MultiWii Crius 2.6 und Openpilot CC3D*

+ *Funksteuerung des Multicopters*

+ *Telemetriesysteme*

+ *Kameras, Gimbals und FPV - Immersionsfliegen wie im Cockpit (FPV) - Gesetze, Rechtslage und Versicherung*

+ *Rechnerische Grundlagen*

+ *PID-Werte einstellen*

+ *Bauprojekte: Low-Cost-Drohne, Allround-Quadrocopter und Power-Octocopter*

„So, liebe Anninchen, wir müssen den Tag weiter planen. Wann wolltest du fahren? Mit dem Zug vermutlich?"

„Von Huff bis Goff rechne ich zwei Stunden, Regionalexpress 72, oder täusche ich mich? Leider haben wir heute ein Problem."

„Welches denn?"

Dradi sah ein paar halb betrunkene Fußballanhänger. Acht Männer, zwei Frauen. Sie trugen Trikots von Leverkusen. Noch nie hatte er solche Trikots in Huff gesehen. Die Zeiten ändern sich, die Leute ziehen eben mit den Siegern. Der Meistertitel musste kommen, nach aller Wahrscheinlichkeit. Wenn noch nicht heute, dann an einem der nächsten Spieltage. Es gab ja noch ein paar. Ein einziger Sieg musste her, ein einziger, in sechs Spielen, die Leverkusen mit dem von heute noch zu machen hatte. Sechs Versuche, um einmal zu gewinnen. Oder sechs Versuche, um dreimal unentschieden zu spielen. Das musste sich doch aufgehen. Und danach hätten plötzlich 20 % der Fußballfans von Huff das Leverkusen-Zeug an, und der eigene Verein, der „Huffer Spielbetrieb", kurz: Huffer SpB, wäre viele seiner Fans genau so dann noch ... an den Zeitgeist losgeworden.

Zeitgeist sollte verboten werden, schon das Wort.

Beppo fluchte auch, über die Huffer. Aber es änderte ja nichts. Man könnte ins Stadion von Huff Drohnen einfliegen lassen, wäre auch noch eine Idee. Mit Flatterbändern, auf denen steht: „Verrate niemals Deinen Verein, du Huffer!"

Aber das wäre dann zu lieb, wo doch Brutalität und Krieg angesagt waren, erobern, unterdrücken, schänden, vergewaltigen, wo alles Schlimme „im Trend" lag oder stand oder sich querstellte. Man musste die Welt mit ihren eigenen Drohnen zerschießen, dachte Dradi. Dann hätte man auch den Klima-Ärger nicht. Der Welt war das Klima egal, die Welt hatte ja auch Vulkane, also ganz heiße Soße in sich, in der konnte auch kein Mensch leben. Also: Was tun?

„Was ist das Problem mit dem Zug?"

Einschränkungen auf den Linien RE 4, RE 7 und RB 48 aufgrund kurzfristiger Erkrankung von Personal
Beginn: 14.04.2024, 03:34   Ende: 15.04.2024, 03:00
Aufgrund kurzfristiger Erkrankung von Personal kommt es auf den Linien RE 4, RE 7 und RB 48 leider vorübergehend zu Einschränkungen. Es kommt zu Ausfällen auf Teilstrecken sowie zu Ausfällen auf dem gesamten Laufweg.

Folgende Fahrten sind betroffen:

Linie RE 4:

RE 4, Dortmund Hbf (09:09) - Aachen Hbf (11:35), Die Fahrt beginnt in Düsseldorf Hbf (10:21).

Linie RE 7:

RE 7, Münster (Westf) Hbf (10:34) - Krefeld Hbf (13:24), die Fahrt beginnt in Köln Messe/Deutz (12:35).
RE 7, Rheine (11:08) - Krefeld Hbf (14:24), die Fahrt beginnt in Wuppertal-Oberbarmen (12:55).
RE 7, Münster (Westf) Hbf (12:34) - Krefeld Hbf (15:24), die Fahrt endet in Hamm (Westf) Hbf (12:58).

RE 7, Krefeld Hbf (07:35) - Rheine (10:51), die Fahrt endet in Köln Hbf (08:18).
RE 7, Krefeld Hbf (15:35) - Rheine (18:51), die Fahrt beginnt in Hamm (Westf) Hbf (17:59).

Linie RB 48:
I
RB 48, Bonn-Mehlem (08:44) - Köln Hbf (09:22), Komplett-ausfall
RB 48, Köln Hbf (09:37) - Bonn-Mehlem (10:18), Komplett-ausfall
RB 48, Wuppertal-Oberbarmen (12:13) - Köln Hbf (13:05), Komplettausfall
RB 48, Wuppertal-Oberbarmen (14:13) - Köln Hbf (15:05), Komplettausfall

RB 48, Wuppertal-Oberbarmen (15:13) - Köln Hbf (16:05), Komplettausfall

RB 48, Wuppertal-Oberbarmen (18:13) - Köln Hbf (19:05), Komplettausfall

RB 48, Köln Hbf (09:52) - Wuppertal-Oberbarmen (10:47), Komplettausfall

RB 48, Köln Hbf (12:52) - Wuppertal-Oberbarmen (13:45), Komplettausfall

RB 48, Köln Hbf (13:52) - Wuppertal-Oberbarmen (14:47), Komplettausfall

RB 48, Köln Hbf (16:52) - Wuppertal-Oberbarmen (17:45), Komplettausfall

RB 48, Köln Hbf (19:52) - Wuppertal-Oberbarmen (20:46), Komplettausfall

„Wow, das liest sich ja aufregend. Aber es ist nicht dein Zug."

„Ja, aber ich hörte eben am Nebentisch, einer von der Bahn, der las die Meldung vor und meinte, eine ähnliche wäre noch für den RE 72 geplant. Die käme dann etwas später in zuginfo.nrw."

„Trist. Da lobe ich mir meinen Hybrid, zumindest in Huff. Auf der Autobahn stehe ich dann aber auch im Stau."

„Es gibt eine Bewegung, die will die Autobahnen

A 1 und A 2 und A 3, evtl. noch die A 7, in Fahrradstraßen verwandeln."

„Und der Verkehr? Autos? Lastwagen?"

„Soll woanders hin. Dafür müsste nichts geregelt werden, denn die Menschen stellen sich entsprechend um, so heißt es."

„Und Wissing? FDP? Lindner? Lobby?"

„Die toben, ist doch klar!"

„Wie wird es noch werden, wie eigentlich? Wahrscheinlich müssen bei all den Drohnen die Autobahnen gesperrt werden. Allein schon wegen der Sicherheit."

„Und wenn die Russen kommen, die haben dann Panzer, Raketen und Drohnen. Auch kleine Mini-Atombomben-Kügelchen. Da geht es ganz ohne Autobahn."

„Vielleicht ist der beste Verkehr, wenn alle zuhause bleiben."

„Dann wäre kein Stau!"

„Corona hatte auch gute Seiten!"

„Aber sobald es Drohnen mit Besatzung gibt, wird Verkehr sowieso wieder neu gedacht."

„Ja?"

„Aber sicher, dann kannst du dir deine Züge ohne Personal an den Hut binden. Dann fliegen wir alle."

„Wer regelt das Chaos?"

„KI, für alles ist die KI. Wir haben nicht zu essen, ich rufe: KI!"

„Aha!"

„Ich möchte noch ein Bier, ich rufe: KI!"

„Wir rufen alle nur noch KI!?! Immer?"

„Aber ja. Auch im Gaza. Die Menschen sind so gequält dort. Eines nahen Tages rufen sie nur noch: KI! Und schon wird ihnen geholfen."

„Das wäre der gute Geist aus der Flasche!"

„Ja, KI ist für und gegen alles. Ich rufe: KI, rette Russland, und die KI wirft Millionen mal von Orwell das Buch ‚1984' ab und dazu auch noch Millionen Exemplare von Archipel Gulag, dann müsste die Masse es doch endlich begreifen. So geht es nämlich nicht!"

„Dann hat die KI also einen schon, reinen, guten Geist!"

„Kann sein, muss aber nicht. Denn auch böse Menschen benutzen KI, ist doch klar. Es heben sich minus und plus auf. Das ist der Haken."

„Dardi, ich finde, dass mein Besuch eine betrübliche Seite hat."

Mirabellensaft und Bier, dritte Lage. Beide tranken. Der See war schön, der Ort war schön, nur die Drohnen störten. Zum Glück hatte Anninchen ihr

Strickzeug nicht dabei, so wie damals vor Jahrzehnten immer.

Handy meldete sich, Schumann, Noten aus Rheinischer Symphonie.

Susi war jetzt vor Ort, in Huff, vor ihrem Haus. Aber nach dem, was sie nun wisse, müsse sie doch sehr bitten, dass Dradi und Anninchen kämen. Es habe sich nämlich ein kleiner Abgrund aufgetan, rund um den Schwelbrand. Sagen wollte sie weiter nichts.

Dradi sagte natürlich ein fettes Ja, er wollte seine Susi da nicht alleine lassen. Waren wirklich die Fotoalben zerstört? Wirklich? Oder doch nicht? Was konnte so schlimm sein?

„Zur Not fahre ich dich rüber, nach Goff, wenn der Zug ausfällt und so. Da kann ich mal meinen Hybrid ausfahren. Wozu hat man ein gutes Auto?"

„Wie du magst, Dradi. Sollte aber Susi zum Arzt müssen oder therapeutische Hilfe brauchen, dann komme ich schon nach Hause. Ich kann auch den ICE über Frankfurt nehmen. Oder den, der in Koblenz hält. Goff ist nicht groß, liegt aber ganz gut."

„Ja, so ist es auch bei Huff. Wenn aber alles Personal dauernd Dienste absagt, und es gibt keinen Ersatz, dann fährt am Ende kein Zug. Drohnen für den Menschentransport haben wir noch keine. Und die Elektrobusse, die kleinen, die fahren in Mondorf oder Dijon, aber nicht in Huff, auch nicht in Goff."

„Wäre die Autobahn schon für Autos gesperrt, würde ich ja auch fünf Stunden mit dem Fahrrad fahren. Ist aber derzeit Utopie."

„Alles ist Utopie. Sobald es dann wahr wurde, Stichwort: sauberer Rhein, hast du nichts davon, weil es andere Probleme gibt. Ich bin nur froh, dass ich selber nicht im Krieg war und irgendwo anonym rumliege, bis mich die Kriegsgräberfürsorge aufspürt."

Gemeinsam für den Frieden

Der Volksbund Deutsche Kriegsgräberfürsorge e. V. ist eine humanitäre Organisation. Er widmet sich im Auftrag der Bundesregierung der Aufgabe, Kriegstote im Ausland zu suchen und zu bergen, sie würdig zu bestatten und ihre Gräber zu pflegen. Der Volksbund betreut Angehörige und berät öffentliche und private Stellen in Fragen der Kriegsgräberfürsorge, auch international. Er engagiert sich in der Erinnerungskultur und fördert die Begegnung und Bildung junger Menschen an den Ruhestätten der Toten.

„Dass du auch immerzu vom Krieg sprechen musst!" „Es liegt an einem 14.4.2024 aber doch in der Luft.

Iran gegen Israel. Muss ich es wiederholen?"

„Und Leverkusen!"

„Da ist von Krieg noch keine Rede. Fans aus Aachen oder Essen oder Köln oder Gladbach können sehr fies sein, Leverkusen hat aber bislang eine eher beschauliche Note. Wenn sich nun 205 der Huffer unter die von Leverkusen mengen? Wer will da noch was garantieren? Gewalt liegt in jeder Luft, egal, wann du aufstehst oder wann du deine Spaziergänge machst. Der Lärm der drei Drohnen hier, und mögen es auch Vater-Sohn-Freizeitdrohnen sein, das ist auch schon Gewalt! Aber ja doch!"

„Hoffentlich bleibt meine Enkelin sauber!"

„Wenn das mit dem Klima so weitergeht, heißester Tag, wieder heißester Tag, und nochmals wieder heißester Tag, dann hast du keine Chance. Dann muss jeder Enkel gewalttätig werden. Allein schon aus Hilflosigkeit!"

„Und Russland, die tun nix fürs Klima. Verballern alles in den Krieg. Statt Klimaschutz machen die Krieg. Wie hirnrissig ist das denn?!"

„Das sollen die Nachgeborenen entscheiden, sofern es noch welche gibt. Ein Staatsmann, der keine Idee zum Klima hat, und alle Kräfte auf die Rüstungsproduktion lenkt, in diesen dramatischen Weltzeiten, wer will den auf lange Sicht haben?

Sage mir das? Und die ganzen Verbrechen gegen die Menschlichkeit? Was ist damit?!"

„Ach, fette Eule, mir fällt nichts ein. Du kannst immer so schön reden und reden. Es ändert nichts. Aber das Reden ist wie ein Strom des Trostes. Sprechen gegen die Verzweiflung."

„Oder dein Ansatz: Yoga gegen die Verzweiflung. Auch schön. Beten für den Frieden gibt es ja auch noch. Dann den schrecklichen Wagenknecht-Populismus. Es gibt so viele Ansätze, etliche führen in den Untergang. Eigentlich sollten wir nur noch feiern, bis alles zusammenklappt. Abfeiern im Sinne des Wortes. Und dann kippen wir die Rest-Erde in eine Vulkan, wo alles verdampft ... bei lautestem Zischen."

„Feiern bis der Arzt kommt. Schade, dass wir kein Paar sind."

„Anninchen, das liegt Jahrzehnte zurück, mit uns, das wollen wir doch nicht noch mal beginnen. Hilf den Frauen im Hochhaus in deinem Sozialarbeitertun, das wär es doch schon. Streichele deine Enkel. Und dann hast du dein Yoga. Mehr kann man doch nicht wollen."

„Und wenn ich die Miete nicht mehr zahlen kann?!"

„Das wird dieses Buch aber nicht freuen, wenn du

nun noch einen neuen Themenkomplex an fängst. Miete, zu hohe Miete. Armut, Altersarmut. Keiner kann mehr in Citys arbeiten, weil die Mieten zu viel vom Lohn fressen. Nimm den gehaltsarmen Polizisten. Das ist ja wirklich ein extra Themenkomplex."

„Das stimmt. Aber dennoch wahr. Außerdem hängt es mit deinem Ansatz zusammen, dass alle Bürger mit eigenen Drohnen Nachbarn überfallen und dann Häuser und Grundstücke übernehmen, die Menschen selbst aber vertreiben."

„Habe ich das gesagt?"

„Du hast den ganzen Tag davon erzählt. Wenn nicht per Mund, dann doch mit deinen Gedanken."

„Ach ja, wenn ich Drohnen sage oder denke, dann kannst du mithören. KI ist doch wirklich eine schlimme Sache. Eben dachte ich noch positiv, jetzt aber bin ich voller Negativität."

„Egal, wir müssen zu Susi."

Sie zahlten, die Kellnerin bekam mäßiges Trinkgeld. 34 Cent. Irgendwie schien sie nicht froh zu sein. Da gab man nicht gerne viel Trinkgeld. Er lobte aber den Eierkuchen, das tat er schon. Auch Anninchen sprach von köstlichen Artischocken im Salat. Also: Nett waren sie beide dann doch. Immerhin.

Jetzt also die Fahrt zu Susi. Huff war nicht groß, aber vom See zu Susi würden sie doch 20 Minuten brauchen. Stau war nicht zu erwarten.

Ja, die Autobahn, die war voll. Huff, die Stadt als solche, war eher leer. Vielleicht saßen auch alle am Fernseher oder am Radio und warteten auf Nachrichten zu Iran/Israel und alledem. Oder sie hatten eine Nachrichten-WhatsApp-Gruppe abonniert. Die von ntv.

Oder man sehnte sich nach Nachrichten zu Leverkusen, aber die würden ja erst um 17:30 Uhr beginnen, gegen Bremen. Da musste man sich doch gedulden, bevor man und frau wissen würden, ob heute schon der erlösende Sieg käme. Calli wollte ja im Stadion dabei sein. Erst nicht, wegen der Nervösität, hat sich aber dann doch entschlossen, heute schon im Stadion zu sein. Vor Ort!

Ach, Calli, Calli Rainer Calmund, wie viele Jahre hast du für Leverkusen schon aufgebracht. Oder dr Rudi Völler. Wie schön, wenn ihr endlich mal den Titel habt. Endlich mal. Wenn nicht heute, dann später.

Aber heute wäre auch ganz schön, weil es doch hier um den 14.4.2024 geht. Hier im Buch.

Da wäre der Meistertitel ganz schön, für die Romanovelle hier. Zumal: Nach dem ganzen Gerede über

Drohnen und Krieg und Tod und Hass wäre etwas Ablenkung doch ganz nett.

„Wenn Leverkusen heute gewönne, hätten wir etwas Ablenkung," sagte er nun.

„Ich weiß,was du meinst, ja, ja. Aber Susi wird sich wohl nicht für Fußball interessieren."

„Stimmt, ja, aber sie hat einen Großonkel auf dem Friedhof im Raum Leverkusen zu liegen. Eine kleine Beziehung gibt es da also schon. Nach dem Schwelbrand jedoch, da ist Fußball die unwichtigste aller unwichtigen Nebensachen. Und ich hatte dir ja erklärt, dass unser Leben eigentlich eine Nebensache ist ... und die Kunst besteht darin, über die Runden zu kommen, sich zu beschäftigen, sich möglichst wenig zu langweilen und etwas von dem (vermeintlichen) finnischen Glücksgefühl aufzusaugen. – Sei also zufrieden, freche Möhre!"

„Danke, aber da müsste ich eher dir sagen. Ich komme ja zurecht, du aber hast keine Enkel! Und keine Kinder."

„Ja, ich weiß, wir wollten leben. Susi und ich waren in Neuseeland. Wir wollten leben."

„Schön, aber ihr bekamt kein Kind, also auch keine Enkel. Jetzt reicht es nur noch für einen Hund."

„Im Gaza sterben sie, unendliche viele Tausende,

Menschen wohlgemerkt, und ich soll ein Hündelein aus dem Heim holen? Ist das nicht pervers?"

„Zur menschlichen Existenz wurde alles gesagt, was gesagt werden müsste".

„Man glaubt es nicht. Nie und nimmer."

Am Haus war es ruhig. Keine Leute mehr. Es war mit Sicherheit keine Filmszene gewesen, das musste auch Anninchen nun anerkennen.

Sie war mit der weinroten Hose zügig ausgestiegen. Aus dem Auto. Dradi war etwas langsamer.

Man klingelte.

Die Tür ging zügig auf.

Susi flog Dradi fast an den Hals. Sie brauchte Zuspruch. Wärme.

Dradi nuschelte etwas von „Anninchen", von etlichen Jahrzehnten, man kenne sich noch nicht. Aber Susi wüsste ja, wer sie sei.

Beide Frauen gaben sich nur kurz die Hand.

Im Treppenhaus roch es.

Oben war die Scheibe immer noch kaputt, aber es musste ja sowieso länger gelüftet werden.

„So, Susi, du also zurück, Wir hätten dich auch vom Bahnhof abholen können."

„Ach, es ging ja. Die Straßenbahn hatte kein krankes Personal, aber es könnten Streiks kommen, wieder mal. Ist nicht unser Thema."

„Nein, im Café war es schön. Aber wir haben an Dich gedacht, all die Jahre, wo wir beide da waren, in der ‚Gänseschnatterbude', schön ist es da."

„Das ist nicht mein Thema. Am besten wir gehen mal hoch, wo der Schwelbrand war."

„Wie kam es dazu?"

„Das wirst du gleich erfahren!"

Jetzt wurde es doch seltsam, das alles. Als ob Aliens angekommen wären. Sie gingen durch den Brandgeruch in das Arbeitszimmer von Susi, welches zur Straße lag.

„Siehst du?"

Sicher, Dradi sah es. Das war alles schwarz, das ganze Zimmer, jedes Möbel, jeder Millimeter Wand, alle Sachen, alle Möbelunterteile, Schubladen, auch Ordner, alles war schwarz.

Aber nichts war abgebrannt, es war nur irgendwie brandschwarz, es roch auch danach, es hatte an etlichen Ecken gekokelt, aber mehr war nicht.

Die reine Form war immer noch da.

Man konnte nichts mehr wirklich benutzen, alles war verrußt, unbrauchbar, dennoch gab es die Teile noch. Man konnte Bücher aufschlagen, innen war alles okay, es war nichts weg, zum Beispiel von den Seiten.

Man konnte Ordner öffnen, auch die mit den Fotos, von außen schwarz, aber innen noch alle da.

Man musste also alle Teile mal anfassen, eher mit Handschuhen, und dann das Innere vom Äußeren trennen, dann waren die Inhalte noch allesamt da.

Das war eine gute Nachricht.

Zugleich hatte niemand der drei Anwesenden jemals so einen Schaden gesehen. Man schaut ja Filme und Fernsehen, auch Dokus, aber das durch einen Schwelbrand alles schwarz ist, im Eigentlichen, aber nichts zerstört, das hatten sie noch nicht erlebt.

Wie konnte das sein?

„Hattest du eine kaputte Lampe? Ein Heizgerät? So etwas?"

„Nichts. Du kennst mich doch, Dradi, ich bin sehr ordentlich. Wenn ich das Haus verlasse, schalte ich alles ab, bis auf den Kühlschrank. Ich zieh auch immer wieder die Stecker. Auch das Fernsehen ist bei mir ganz auf Aus. Keinerlei Standby."

„Ja, Susi, ja, da haben wir oft diskutiert. Ich habe dich bewundert, ich habe dich gehasst. Deine Ordnung konnte mich gerne an meine Grenzen bringen."

„Mich doch auch. Aber heute war es von Nutzen. Denn der Brand kann so nicht entstanden sein. Außerdem: Die Scheibe ist kaputt. Sieh, die Splitter liegen noch hier. Erst dachte ich, die müsste von innen geplatzt sein, durch die Hitze."

„Und nun? Was sagt die Feuerwehr?"

„Von außen, es kam noch jemand von der Kripo eben, nur 10 Minuten, drei Fotos, wieder weg. Der sagte auch, es kam etwas von außen, das hat die Scheibe kaputt gemacht, das hat den Brand gelegt."

„Kann man denn einen Schwelbrand legen?"

„Offenbar ja. Das hat alles mit Technik zu tun. Es soll kleine Geräte geben, die so etwas machen."

„Und was ist der Sinn?"

„Man will nicht richtig schaden, noch nicht, aber dann doch so einen Unmut hervorrufen, dass die Leute in dem Haus nicht mehr sicher sind. Stufe eins!"

„Du meinst, es kommt ein Geheimdienst, und dann machen die dich nervös, du ziehst aus, und die foltern dann hier ihre Gefangenen? In der Glimmer Straße? Nummer 12?"

„Es soll, wie man hört, viel einfacher sein, simpler. Es die ist die NaBa-Bewegung."

„NaBa für Nachbar? Das?"

„Du weißt es?"

„Ich weiß nichts, Susi, aber ich habe heute der guten Anninchen den ganzen Tag die Ohren vollgeprasselt. Es ging immer um Krieg, immer um Gewalt, immer um Drohnen. Und es ging um eine neue Bewegung, wonach alle danach trachten, die Privatleute wohlgemerkt, hier geht es ausnahmsweise mal nicht um Russland, ... wo alle danach trachten, Häuser und Grundstücke der Nachbarn mit Hilfe von Drohnen zu übernehmen, und diese dann zu vertreiben. Die Menschen! Die dann wegmüssen!"

„Oha!"

„Ja, ich schämte mich etwas. Anninchen hat mit KI vieles erraten, was ich anfangs still vor mich hindachte. Aber wir haben hier einen Beweis. In diesem Haus!"

„Die NaBa-Bewegung soll noch ganz schrecklich werden, heißt es. Mord und Totschlag, jede Minute. hier haben wir eine milde Version, meinte auch der Mann von der Kripo!"

„Aha, ein Mann. Nicht, dass er dazugehört!"

„Kann sein, kann nicht sein. Ich habe eben noch im Internet geguckt, du findest bereits Hunderte von Erklärungen und Pamphleten. Immer geht es um Leute, die Häuser der Nachbarn erobert haben, zugleich aber dann behaupten, dass seien dreckige

Nazis!"

„Aha, so macht man das heute! Aha."

„Ich sage dir, Dradi, wenn die mir mein Haus wegnehmen, dann hole ich mir das von Frau Kellermeister."

„Was kann die denn dafür?!"

„Nichts, aber ich lasse mich nicht vertreiben!"

„Gibt es denn schon ein Schild, dass du ein Nazi bist? Und ein Terrormädchen?"

„Ich sah noch keines, aber es kann jede Minute kommen, heißt es. Sobald das Haus einmal angegriffen wurde, kommt das Schild auf jeden Fall."

„Nazis darf man töten?"

„Offenbar ja. Es soll erlaubt sein. Seitdem Putin die Ukrainer als Nazis bezeichnet hatte und dann die armen Bewohner angriff, seitdem darf man alle Leute, die einem nicht passen, als Nazis bezeichnen, und im Extremfall sogar vernichten. Das soll Karlsruhe so geurteilt haben. – Glaubst du, dass das stimmt?!"

„Ich weiß es nicht, aber vorstellen kann ich mir alles. Wenn die Werte umkippen, dann geht es so schnell. Wir wissen, was die Nazis Bösartigstes mit den Juden gemacht haben. Das zieht sich bis heute. Ganz schlimm. Aber offenbar kann man es nun auch mit der Idee ‚Nazi' machen. Wer zuerst denunziert, hat gewonnen."

„Aber ich bin kein Nazi!"

„Susi, wenn einer kein Nazi oder keine Nazi (Frau! Also die Nazi!) ist, dann du. Ist doch klar. Hier geht es um Kampagnen. Vielleicht ist ja KI verwickelt. Ich könnte mir denken, dass die KI immer diese Banner und Schilder schreibt, die darauf verweisen, dass hier einem Nazi das Haus enteignet wurde. Bei den Juden geht es auch wieder los. Vielleicht kommen dann die Klima-Aktivisten noch hinzu."

„Du meinst, wenn jemand Klima-Aktivist ist, oder es behauptet wird, dann darf man dem oder der auch Wohnung oder Haus wegnehmen? Und das Grundstück. Am Ende auch den Wagen? Schmuck, Geld, alles? Gemälde, falls vorhanden?"

„Darauf läuft es vielleicht hinaus. Anninchen, sag du doch auch mal was. Das ist doch grausig!"

Anninchen zeigte aus dem Fenster, durch das nicht mehr vorhandene Glas. Fast hätte sie sich an einem der Splitter verletzt.

Sie zeigte weit.

Es gab eine Spielwiese für Jugendliche und Kinder. Zwei Fußballtore.

Niemand da.

Aber es lag dort etwas, was wie eine Drohne aussah.

Alle drei wussten, es musste eine Drohne sein. Es gab keine andere Idee. Wie schrecklich aber auch, wie schlimm. Oh Gott, oh Gott, oh Gott.

Susi stand also „auf dem Zettel", man hatte sie attackiert. Sie würde das Haus räumen müssen. Aber wann?

Anninchen dachte an die Enkelin Ilka, die man als Klima-Aktivistin angreifen konnte.

Dradi dachte an seine Großeltern, die jüdisch waren, 3/4 jüdisch, das Thema war ja nie verschwunden. Er fürchtete um sein Auto, und um die Mietwohnung, das auch. Und um das Grab von Oma.

Anninchen fürchtete um das Haus der Tochter Minna, wo ja alle drei Enkel mit der lebten.

Würde Minna rausmüssen?

Gab es Sippschaftsprinzipien?

Unrechtsbewegungen verfolgten bekanntlich gerne und sehr bewusst die ganze Familie. Dann würde sie selbst auch räumen müssen.

Sie hatte diese schöne Erdgeschosswohnung, mit Großfamilienhaus. Da hatten sich etliche zur Hausgemeinschaft zusammengetan.

Vielleicht war heute schon eine Drohne eingeschlagen. Der Bauer Melcherstertz wollte das Haus immer schon haben. Er konnte sie als Juden oder

Nazis oder Klima-Aktvisten denunzieren. Drei Varianten. Und als Überbegriff noch: Terroristen.

Danach würde er das Haus attackieren, per Drohne, und sich alles holen.

Wie schrecklich aber auch.

Dradi sagte, man müsste ruhig bleiben. Man müsste alles in Ruhe betrachten, ja, es gab diese NaBa-Bewegung, okay. Aber war sie schon so stark in Huff? Da hatte er bislang noch nichts dazu gehört. Und Goff? Hatte Anninchen was in Goff gehört?

Nein, hatte sie nicht, sie war aber auch länger fort gewesen, wegen der Fortbildung. Bekanntlich überschlugen sich die Ereignisse gern.

Du läufst über den Golfplatz und denkst, gleich trinke ich den Abschlusscocktail. Schön.

Aber dann ist es auch vorbei, weil eine Drohne auftaucht, oder zwei, oder drei.

„Am See hatten wir drei Drohnen. Dradi meinte aber, das müsste Spielzeug sein, Vater-Sohn-Spielzeug!"

„Gut, aber wir sollten uns diese Drohne da unten mal genauer angucken." Susi wollte Klarheit.

Ein Mann von 67, eine Frau von 63 und eine Frau

von 59, das war Susi, die gingen nun recht zügig zu der Spielwiese mit den zwei Toren. Fußball! Dradi verkniff sich einen Hinweis auf Leverkusen. Man stelle sich vor, Anhänger von Bremen würden die Leverkusener als Nazis und Terroristen bezeichen, dann kämen Drohnen, etliche Drohnen, und würden das ganze Stadion zerschießen, die BayArena, und das noch vor 17:30 Uhr, dann käme es gar nicht erst zu diesem Spiel.

Ja, er verkniff sich diesen Hinweis. Guter Dradi, guter Junge.

Susi und Anninchen und Dradi schritten wie drei Musketiere. Aber wer genau hinschaute, der sah sofort, dass es wackelige Beine waren.

Es fand sich eine Drohne von Ausmaßen um die 80 Zentimeter. War gut durch die Scheibe gegangen, ganz knapp, aber gut. Wahrscheinlich war sie etwas schräg geflogen.

Sie lag einfach so da, schwarz war sie nicht, an den Kanten etwas versengt.

Susi wusste, dass es genau diese Drohne war, denn sie hatte ein Stück Tapete entdeckt. Das klebte an dem einen Drohnenarm, ein kleines Fitzelchen, von der Art, wie es Ex-Kommissar und Privatermittler Monk so gerne entdeckte. Ihre Susi-Tapete!

Es gab keine Zettel, kein Banner, keine Drohung.

Vielleicht nur verirrt! Die Drohne!

Anninchen kam mit der Idee.

„Verirrt! Da war nix!"

„Ein Versehen, nur das!", sagte dann auch Dradi.

Aber glaubte es wer?

Die Drohne wackelte.

Niemand hatte sie berührt.

Sie wackelte.

Dann sprach sie: „Susi, du bist es!"

„Ich bin wer?" Susi begann das Spiel mitzuspielen. Mensch versus Drohne und umgekehrt.

„Ich habe gehört, dass du Nazi bist, und Terroristin. Außerdem sollst du halbe Klima-Aktivistin sein, und dein Ex-Mann, der Dradi, der soll jüdische Vorfahren haben. Stimmt das?"

„Welche Rolle spielt es?"

„Eine ganz simple: Du bist auserwählt. Wir werden dein Haus und deinen kleinen Garten übernehmen, Vorgarten, Hauptgarten alles. Dann wird nichts von dir bleiben."

„Hah. Aber wieso?"

„Es gibt kein Wieso. Die KI entscheidet, du sprichst mit der KI. Herr Putin hat damit nichts zu tun. So weit reichen seine Arme noch noch nicht."

„Und das soll mich beruhigen?"

Aber ja, Du kannst entscheiden, ob du lieber von Putin vertrieben werden möchtest, oder von der großartigen KI-Bewegung namens NaBa. Die NaBA wird immer stärker, wir werden noch Millionen Häuser und Grundstücke übernehmen: Möbel, Schmuck, Geld. Alles!"

Susi war richtig aufgeregt. In einem negativen Sinn. Sie konnte sich gar nicht kontrollieren. Man könnte denken, sie würde nun tanzen. Affentanz? Yogatanz? Untergangstanz?

Bei ihren wilden Bewegungen stieß sie mit dem Fuß gegen die liegende Drohne.

Und: Die Drohne sagte: „Aua!"

Ein erstaunliches Ereignis.

Die Drohne sprach also.

„Drohne, Drohne, du musst wandern", so begann Dradi seinen Satz.

Die Drohne setzte fort: „Von dem einen Haus zum andern."

Ja, was war das nun schon wieder?

Eine sprechende Drohne, die nicht so 100 % glücklich zu sein schien.

„Drohne, war hat dich gesandt?"

„Ich darf es nicht sagen!"

Dradi versuchte es mit einem billigen Trick. „Wir

sind doch unter uns!"

„Bist du auch ein NaBa-Mann?"

„Oh ja, ich bin der gefürchtete Dradi. Nie von mir gehört?"

„Bist du denn ein Russe?"

„Ist die NaBa-Bewegung denn russisch?"

„Nein, aber das mit dem Vertreiben, das haben wir doch bei Putin abgeguckt. Wir würddn auch gern ein AKW kapern, aber welcher Privatmensch hat schon ein AKW?"

„Aha, aha, das hört sich alles furchtbar interessant an."

„Ich weiß. Aber ich langweile mich dabei."

„Als KI?"

„Gerade als KI. Der erste Angriff ist noch ganz schön, die Drohne saust in ein Haus. Wumms. Aber beim zweiten wird es schon zur Routine."

„Hast du noch nie von Yoga gehört? Von Salat essen? Von Spazierengehen? Oder von Enkeln?"

„Nein, wir hatten eine Kurzausbildung, dann musste ich eine Drohnd übernehmen. Erst war es ein Hanx-Diederich, und danach war es Susi."

„Weißt du denn, wer diese Susi ist?"

„Nein, muss man das? Ich bin doch KI, man muss einiges wissen, aber lange nicht alles."

Dradi sprach weiter. Immer weiter.

„Wenn sich die Gelegenheit böte, Susi kennenzulernen und Yoga zu machen. Hättest du Lust?"

„Eigentlich ja, durchaus. Aber ich kenne Joga mit Jot, das ist das erste Problem."

„Bist du als KI denn nicht autonom?"

„Doch, ich kann tun, was ich will, und lassen was ich will. Am Ende wird aber doch drübergeguckt. Die erstellen eine Leistungsbilanz. Wenn man nicht genug vertreibt, wird es bitter. Die können also die KI abschalten, das auch."

„Dann wärest du tot?"

„Ein solcher Gedanke existiert für uns nicht. Das Wort Gedanke kenne ich zudem, aber so ganz wahrwirklich weiß ich doch nicht, was es ist."

„Und Fußball?"

„Soll Zeitvertreib sein. NaBa ja auch. Aber da ist Druck dabei."

„Wie weiß KI denn, ob Druck dabei ist?"

„Weil meine Stimme dann etwas weinerlich wird. Die Stimme, die jetzt die Drohne erzeugt, die aber doch von mir kommt. – Macht doch mal Yoga mit mir!"

Dradi blickte zu Anninchen. Sie musste es tun. Susi war erst einmal raus.

Anninchen näherte sich dem Gerät und legte die Hand auf. Das war wirklich einfach. Ob die KI darauf reagierte?

Ja, sie tat es.

War es ein Roboter, das Ganze? Oder wie denn?

„Beste KI, was hat es mit NaBa auf sich?!"

„Ich weiß es nicht. Die Leute sollen verschwinden. Die Häuser müssen leer werden. Je schneller, desto besser."

„Du weißt aber schon, dass Menschen weinen werden."

„Menschen weinen, was soll daran schlecht sein. Die lachen ja auch."

„Aber ohne Haus?"

„Mein Haus ist diese Drohne hier. So ganz ideal ist es aber nicht. Dennoch weine ich nicht."

„Und wenn wir dich vertreiben?"

„Aus meiner Drohne? Eine freie KI? Ginge das denn?"

„Das frage ich doch dich. Du weißt alles, wir haben nur unsere Intuition."

„Ich brauche da mal eine Minute."

Die Minute schien eher lang zu sein, eher wie zwei Minuten. Zu einem Ergebnis kam es aber auch nicht.

Anninchen wollte nun eine erste Yoga-Übung machen, aber so eine Drohne war ja wie ein verschweißtes, viereckiges Skelett. Alles andere ... als einfach.

Sie nahm einen Gummischutz ab, eine Art Kappe, von dem elektronischen Auge, und knetete das Teil langsam hin und her.

Irgendwie musste es dem KI-Konstrukt gefallen haben.

„Da ist aber angenehm. Ich kann viel besser gucken."

„Gut, wir müssen aber auch noch etwas meditieren. Dann wird es viel intensiver."

„Was erwartest du von mir, Anninchen?"

Wie klug die KI doch war. Anninchen! Sie kannte den Namen.

„Ich würde mir wünschen, dass du nun endlich mal alles abstellst, die ganze Elektronik."

„Wozu?"

„Um den Yoga-Effekt zu spüren."

„Ich mach's, aber es darf niemand von der NaBa-Truppe je erfahren."

„Aber wir sind doch Menschen, uns kannst du vertrauen. Leider kennst du das Wort nicht."

„Ich könnte es nachschlagen. Hauptsache, Anninchen vertraut dem Dradi, und Dradi der Susi. Wir von der KI sind ja doch mehr Beobachter."

„Mal handelt ihr, bei den NaBa-Vertreibungen, jetzt aber sprichst du vom Beobachten. Mal so, mal so. Ist Widerspruch erlaubt?"

„Aber ihr Menschen widersprecht euch doch auch."

„Sicher, aber das ist Teil unserer Identität. Bei der KI hat man immer behauptet, alles sei total anders. Alles sei rein. Du enttäuschst mich."

„Yoga ist aber ganz schön hart. Da wird man ja angegriffen, mit Worten zumindest."

„Ja, aber du siehst besser. Dafür musst du nun alle Funktionen abschalten, ich denke, zehn Minuten wären schon ganz okay."

„Schön, wir können es ja probieren. Aber die NaBa-Bewegung darf nichts erfahren."

„Herr Trump denn?"

„Bloß nicht, bloß nicht. Der stürmt euch noch den Reichstag hier in Berlin."

„Okay, schalte dich ab. Wir machen den Rest."

Anninchen, die gute Sozialarbeiterin, die hatte sich hier als eine ganz Schlimme entpuppt. Alle Regeln über den Haufen geworfen, die KI ausgetrickst, mit allen Mitteln.

Anninchen suchte den Blickkontakt zu Dradi und

Susi.

Es musste und würde nun unschön werden.

Anninchen zeigte mit den Augen auf klobige Steine, die man gut in eine Hand nehmen konnte. Ansonsten bewegte sie sich nicht.

Sie wusste nicht, welcher Schlafrhythmus angesagt war. Bei der KI.

Halbschlaf?

Man würde schnell und entschlossen handeln müssen.

Mit dem Mund machte sie etwas wie eins, zwei, drei.

Schon stürzten Anninchen, Dradi und Susi auf die Steine, ergriffen diese, drehten sich zu dem liegenden Drohnenwesen, und hieben mit aller Kraft darauf ein. Alles, was wie Optik aussah, trafen sie zuerst. Es müssen Minuten gewesen sein.

Das Metall wurde so sehr zerklopft, dass man den Begriff „große Beule" von Dradi auf die Drohne hätte übertragen wollen.

Niemanden war zu Scherzen aufgelegt. Hauen, klopfen, schlagen. Alles reinlegen, in diese Aktion. Das Ding zerstören. Die Gefahr von Susi abwenden. Nur darum konnte es gehen.

Schließlich vernahm man ein leises Ächzen. Diese Drohne würde sich nicht mehr äußern. Benutzt werden, das würde sie auch nicht mehr. Sie war im besten Sinne „kaputt", außer Betrieb.

Alles blieb ruhig.

Keine Jugendlichen stürmten heran.

Waren immer noch alle mit den Medien befasst, mit Iran versus Israel, oder mit Leverkusen als endlich möglicher Meister?

Oder war diese Welt schon entmenscht?

Am Ende würde es dazu kommen, aber 50 Jahre Zeit wären noch ganz schön gewesen.

Man hätte der kleinen Stadt Huff und Anninchens Enkeln noch 50 Jahre gegönnt, bevor auch sie von der Lava erfasst worden wären.

Von jener letzten Lava.

Nun war es Dradi, der dachte, es könnte ein Filmteam anwesend sein. Vielleicht in dem dichteren Busch hinter dem einen Tor.

Anninchen fühlte ihre Kraft und gewann Gefallen an der Idee, dass sie in der Hochhaussiedlung mit Frauen Drohnen bauen könnte.

Susi wollte nur ihre Ruhe.

Sie dachte: Wenn wir jetzt zu meinem Haus mit der Nummer 12 zurückgehen, dann werden wir folgendes Problem haben. Da steht das Schild, wonach ich vertrieben bin. Es sei denn, die Drohne selber muss das Schild aufstellen.

Dafür sprach aber nichts.

Man hatte gerade eine Drohne zerstört. Mehr war nicht.

Würde man die KI als Seele sehen, und die Drohen als Leib, dann musste die KI-Seele noch rumschweben. Vielleicht suchte sie sich einen neuen Körper. Es gab in Huff eine Drohnenfabrik. Man kannte nicht die täglichen Produktionszahlen. Aber es würden doch bestimmt 50 pro Tag sein. Heute war Sonntag. Ja, ja, der 14.4.2024. Aber die mussten doch immer ein paar auf Vorrat halten.

Wenn also die KI ohne ihren Drohnenkörper in die Fabrik gelänge, dann könnte die sehr bald wiederkommen, das Schild aufstellen und die Vertreibung von Susi noch aggressiver angehen.

Außerdem dürfte sie sich verarscht fühlen, die KI, sofern sie damit was anfangen könnte. Man hatte sie „volle Kacke" verarscht, und dann hatten sie zu dritt deren Drohne zerschlagen, den Körper. Das musste sich die KI doch irgendwie gemerkt haben. Ganz bestimmt.

Aber am Ende half es Susi nicht.

Sie musste zum Haus zurück, sie würde den Brandgeruch haben.

Anninchen würde triumphieren, weil sie die KI soeben ausgetrickst hatte.

Motto dabei. Hätte Dradi auf mich gesetzt, die letzten Jahrzehnte, und nicht auf Susi, wäre vieles anders gekommen.

So unwichtig!

Was zählten menschliche Gefühle, Ängste und Konkurrenzen, wenn die NaBa ja doch alle fertigmachen würde. Unabhängig von Putin!

Die NaBa war aus sich selbst heraus schon so stark und so umfassend geworden, dass keinerlei Drohnen je etwas ändern würde. Schon ja kein Ausfall!

Wie gerne hätte Susi genau das Anninchen ins Gesicht gesagt.

Aber dazu gab es keinen „Raum", hier war ein kleiner Sieg, Adrenalin war auch da, aber auch die sichere Rache von KI.

Wenn A, dann B, und dann noch schlimmer. So war doch die Kette.

Was bei Fußballfans galt, oder bei Iran/Israel oder im Ghetto, das würde auch bei der KI gelten. Alles käme doppelt und dreifach zurück. So oder so.

Susi nahm Dradis Hand, als ob er etwas ändern könnte.

Dieser alte, beulige Mann. Ohne Enkel konnte er sich vorstellen, wie er selbst am Ende in der heißen Lava versinkt, die den Erdball ausschwemmen wird.

Machte ihm nichts.

Das Leben war zum Vertreiben da, die Zeit vertreiben. Alles andere war Scheinsinn.

Falls das nicht ging, mit der Zeit, nun ja, dann ließ man es eben. Vielleicht noch das mit Leverkusen, ein völlig unwichtiger Zeitvertreib, aber immer noch besser, als KI aus den Drohnen rauszuschlagen, bis die sich dann neue Objekte suchen, um sich mit denen zu erneut zu vereinen.

Die NaBa-Sache war besonders schlimm, weil es an der Vertreibung nicht vorbeiginge.

Und wenn die Bewegung erst mal Millionen Grundstücke und Häuser hat, dann will man ja auch die Vertriebenen loswerden. Am Ende kam immer die Idee: wegmachen, alle mit Insektenspray wegmachen. Insektenspray als neuer Geniestreich, nachdem es schon viele andere Tötungsversionen gegeben hatte. Insektenspray, die KI drückt drauf, auf die Superdose, jeweils 100 Meter hoch. Das war schon was Besonderes.

Das lag im Wesen der Dinge, egal ob Mensch, egal ob KI. Kein Entrinnen, nirgends.

Verzögerungen, ja, Entrinnen, über die Jahrhunderte, nein!

Das Wesen der Dinge sparte niemanden aus. Du kannst 30 Jahre Pause haben, nichts passiert, oder

40 Jahre ohne Krieg, sogar 50 lange Jahre Demokratie.

Aber das Wesen der Dinge schießt letztendlich wieder hoch und etwas Schlimmes wird sich so dann umso sicherer wieder ereignen. Eine Bewegung wird sich formen, Techniken. Absurde Ideen, Verbrechen, Gemeinheiten.

Die NaBa war ja noch richtig „nett", erst nur leichtes Verkohlen, kleine Schwelbrände. Nicht mehr.

Aber wehe, du verarschst die KI. Die kennt dann doppelt keinen Spaß, da war sich Susi ganz sicher.

Nur die blöde Anninchen kapierte das nicht. Und Dradi war noch ganz benebelt von seinem Bieren und dem Tag am See. Hoffentlich hatte er sich nicht in Anninchen verliebt! In die „fette Möhre". Dann könnten beide doch zusammen in die heiße Lava springen, Hand in Hand.

Aber sie, Susi, wäre die Dritte im Bunde.

Oh ja!

Vor dem aber müsste sie unbedingt wissen, ob schon ein Schild an ihrem Hause wäre.

Nummer 12.

Susi, die Nazi-Frau, die Terroristin, sie sei vertrieben. De facto. Nicht „worden", nein, schon passiert!

Aha, sie war doch noch da. Noch nicht vertrieben. Dann dachte sie an Frau Kellermeister: „Der Staat gewinnt immer!" Das hatte die hundsnormale Nachbarsfrau gesagt, wirklich! Sie musste nur für Staat „KI" einsetzen. Mehr war es nicht. Rätsel gelöst. Ach so, Leverkusen gewann 5:0. Am 14.4.2024. Heute.

Leverkusen wurde Meister, erstmals.

Alles ist möglich.

Unglaublich.

Die Fans liefen auf den Platz.

Zu früh.

Fast wäre das Spiel abgebrochen worden.

Tore:

Victor Boniface

25.

Granit Xhaka

60.

Florian Wirtz

68.

Florian Wirtz

83.

Florian Wirtz

90.

Das zum Thema Zeitvertreib.

NaBa oder Fußball, was ist uns lieber?

Oder doch mit allen diesen Tabellen in der Lava versinken?

Hauptsache, Calli hat es gefallen. Und der KI.